적당한 농도의 사람

적당한 농도의 사람

an adequate person

한주안

계절마다 되뇌었다.

적당한 농도의 사람이 되자고.

1부

1.

오후 7시가 되어도 바깥이 검어지지 않아서 저녁에는 마당에 작은 의자를 두고 오래 앉아 있을 수도 있게 되었다. 이제 고양이들은 마당을 다니는데에 눈치를 보지 않고, 저녁의 무화과나무는 연하고 부드러운 윤곽을 갖고 있다.

2.

여름이 왔다. 조금씩 짙어지는 나무의 초록이나 부
쩍 밝아진 한낮의 햇빛 같은 것으로. 여름은 항상 보
이는 것으로 오는 것 같다. 창문을 열 때마다 점차
선명하고 짙은 풍경이 스며들고.

짧은 봄에는 무엇을 했던 걸까. 여름이 오기 전에
조금이라도 챙겨두자고 생각했던 일들을 결국은 하나
도 해 두지 못했다. 선풍기의 날개들을 닦아두거나
플라스틱 얼음 통에 얼음을 얼려두거나 하는 일들도,
계절을 잘 지내보자는 마음이나 다짐 같은 것들도.
그저 미루며 살다가 여름을 맞고야 마는 것이다. 그
렇게 하면 여름이 오지 않을 것처럼. 혹은 겨울이 영
영 가지 않을 것처럼.

겨울은 언제 가 버린 걸까. 봄은 얼굴만 겨우 알고
살던 친구처럼 눈인사만 하고는 떠나버렸다. 하지만
그런 종류의 작별은 별로 아쉽지 않으니까. 지겨울

정도로 길었던 겨울이 보고 싶다. 징글징글하다고, 너무 춥다고 투덜거리던 겨울의 나도 사실은 웃고 있었다는 것을 이제 기억하게 되고. 막 내린 눈을 맨손으로 뭉쳐 보거나 희게 오르는 입김을 불어 보던 작은 기쁨들도 더듬더듬 떠올려보게 되는 것이다.

그런 마음들이 사랑 같다는 생각을 하면 이제 막 다가온 여름에게 조금 미안하다. 여름은 그런 것쯤이야 신경도 쓰지 않는다는 듯 무성하고 짙어지겠지만.

3.

 카페에 앉아 있는데 문득 소나기가 왔다. 빗방울
이 지붕에 떨어지는 소리가 작게 들리고, 창밖으로
는 건물의 외벽에도, 지나가는 우산들 위에도, 주변
에 대어놓은 자동차 위에도 비가 내리고 있었다.

 나는 커피를 다 마시거나 어딘가 금방 나가야 하
는 일도 없으면서 차에서 우산을 가져와야겠다는
생각을 했다. 젖지 않고 싶어서 우산을 가져와야겠
다고 생각하는데, 우산을 가지러 가면 분명 잔뜩 젖
을 걸 알면서도 계속 우산을 가져와야겠다는 생각
을 했다. 그게 얼마나 바보같은 생각인 줄을 생각하
면서도 그랬다.

4.

    길을 걷다가 한 번씩 바람이 크게 불면 고개를 들
고 숨을 크게 들이마신다. 그런 바람은 꼭 세상이
변함없이 돌아가고 있다는 사실을 알려주는 것 같
다. 앞머리를 헝클어뜨리거나 하는 것 외에도.

5-1.

　요즘은 이것도 저것도 하지 못한 채로 가만히 서 있는 꿈을 자주 꾼다. 바닷가에 멀뚱히 서서 물놀이도 모래놀이도 하지 못하는 꿈. 길가에 서서 울고 있는 사람을 모른 척하지도 휴지를 건네지도 못하는 꿈.

　매번 무엇을 해야 할 지를 고민하다 꿈에서 깨어난다. 그런 꿈을 너무 많이 꾼 탓에 이제는 아무것도 하지 못하고 있을 때 꿈이구나, 하고 알아채기까지 하는데, 결국 무언가를 하지는 못하고 꼭 깨닫는 순간 깨어나 버리고 만다.

요즘에는 정말 꿈을 자주 꾼다. 상상력이 부족한지 하늘을 날아다니거나 고양이 가족과 이야기를 하지는 못하고, 매번 자주 다니는 장소에 서 있거나, 주변을 걸어 다니거나, 하던 일을 하는 꿈이다. 꿈보다는 잠 든 이후의 생활이 있는 느낌이다.

다만 어제는 그 사람과 한참을 걸어 다니는 꿈을 꿨고, 일어나자마자 오늘 날짜의 메모장에 '가장 꿈 같은 꿈을 꿨다'고 적었다.

6.

　작은 손길 하나를 생각하는 것만으로도 다잡히는 마음이 있다. 시간이나 장소에 상관없이, 그 손은 떠올릴 때마다 가벼운 온기로 어깨 위에 찬찬히 덮인다. 작고 여리게. 희고 따듯하게.

　볕 가운데 아무리 서 있어도 서늘하기만 했던 오늘의 마음도 그 작은 손길 하나로 따듯해진다. 마음의 일이라면 여름에도 얼마든 따듯해질 수 있다는 것을 그 손은 종종 알려준다.

7.

- 정말 그립지만 다시 볼 수 없는 사람을 떠올릴
  때면 차라리 그 사람이 나무가 되어버렸다고
  생각했다. 아주 멀리 어딘가에 뿌리를 깊게 내
  린 나무. 그래서 그이는 찾아올 수도 없고, 너
  무 멀어서 찾아갈 수도 없는 거라고.

- 그 사람이 떠오를 때마다 두터워진 나무의 몸
  치와 사락거리는 잎사귀들을 생각했다. 그러면
  그리워도 참을 수 있을 것 같다는 생각이 들
  었다. 그이는 그 자리에 잘 있을 테니까, 나도
  이 자리에서 잘 있어야겠다고.

- 하지만 그래도 너무 보고 싶다는 생각이 드는
  날에는 그이가 잘 잘린 목재가 되어 작은 트럭
  에 실려 오는 모습을 상상해야 했다. 그렇게 하
  면 차라리 멀리서라도 잘 있는 편이 낫다는 사
  실을 스스로에게 납득시킬 수도 있었다.

파도 사진이 잔뜩 들어있는 책을 사 와서 보고 있다. 아침 7시 41분부터 10시 2분까지의 바다가 마흔 장 들어있는 책이다. 파도는 거친 편이고 끝없이 부서지고 있지만 사진을 보고 있으면 마음이 그릇에 담아놓은 물처럼 고르게 퍼진다.

헤엄치는 법을 배운 적도 없으면서 파도를 보고 있으면 마음을 놓게 될까. 자고 일어난 아침의 부스스한 머리카락처럼 마음이 헝클어질 때면 항상 바다를 생각했다. 즐겁게 물놀이를 하거나 얇고 가벼운 비치볼을 던지거나 하지 않는, 그저 띄엄띄엄 잔잔한 파도 소리만 들려오는.

발자국이 길게 남는 모래밭을 걷거나 인적 드문
구석에 앉아 파도를 듣는 상상을 한다. 차분하고
일정한 소리. 단지 주변을 잠시 맴돌다 사라지는
소리. 꼭 내가 사는 곳이 모두 멈춰버렸거나 분명
어딘가 막혀버린 거라는 생각이 들 때는 그런 소리
를 듣고 있어야 했다. 그런 소리는 그래도 세상이
어딘가, 조금이나마 흘러가고 있다는 것을 알려준
다. 시계의 초침처럼 일정하게. 귀찮은 듯 괜찮음을
재촉하거나 피곤하다는 표정을 짓지도 않고.

바다만큼의 포용이나 일정함이 없는 나는 그 소
리를 원하는 만큼 오래오래 듣다가 조금 괜찮아질
즈음 슬며시 상상을 빠져나온다. 이제 가겠다는 인
사나 고맙다는 말도 없이. 항상 도움받기만 하는 마
음도 괜찮은 걸까. 그래도 바다는 그 자리에 있고,
그 사실이 항상 마음을 툭 내려놓게 한다. 현관문을
열고 아무 곳에나 책가방을 던져두는 아이 같은 마
음이다.

9.

아무래도 가볍고 어지럽던 여름의 마음을 누군가
가져가 버린 것 같다. 누군가 놓고 간 듯 매번 그 자
리에 있던 마음을, 파도가 조금의 모래를 쓸어가듯
조용히 들고 사라져 버린 것이다. 제법 마음에 들던
마음인데, 원래 내 것이 아니었던 탓에 무엇도 탓하
지 못하고 있다. 그저 빈 자리 하나를 안고 길가에
자란 여름 꽃을 조용히 살핀다.

10.

  열심히 그늘만 찾아다니는 날들이다. 눈부신 여름의 빛을 힘껏 외면하고 싶은. 그런 빛은 너무 곧고 날카로워서 며칠씩 피부를 따끔거리게 만든다. 꼭 어딘가 아픈 사람처럼. 혹은 무언가 그리워하는 사람처럼.

  그래도 빨래는 잘 마르겠지.
  식물들도 잘 자랄 거고…….

  여름에게 애써 '괜찮음'을 붙이려 해 보지만, 잘 되진 않는다. 아주 어릴 때 수수깡을 붙이던 묽은 싸구려 목공풀 같은 마음이다. 몇 번을 시도해도 똑 떨어져 버리는.

  언젠가는 무언가를 더 붙이지 않아도 이 계절을 좋아할 수 있을까. 그렇게 되면 기쁠 것 같다. 해마다 몇 달은 더 쓸 수 있겠지. 그렇게 생각하면 무언가 싫어하며 사는 일이 조금 손해 같긴 하다. 어쩔 수 없다지만.

11.

- 어깨와 어깨가 닿는 일을 좋아한다. 손을 잡
  거나 껴안지 않고도 네 옆에 내가 있다는 사
  실을 알려주듯이. 사실은 오늘 그것을 알게
  되었다. 셔츠와 얇은 가디건을 입은 각자의
  어깨가 옷깃을 닿게 하여 오래도 앉아 있었다.

- 그렇게 있으면 우리가 이만큼이나 가까워졌
  다는 포근한 사실과 더 이상 가까워질 수
  있을까, 하는 묘한 슬픔이 함께 생겨난다.
  사랑은 이런 모습으로 있는 걸까. 예컨대
  어깨와 어깨가 맞닿아 있는 모습으로. 온기
  는 여전히 남아 있고, 슬픔은 인사도 없이
  사라져 버렸지만. 또 그렇듯 언젠가 다시 돌
  아올 것이다.

─ 몸을 부르는 단어들이 좋아졌다. 발뒤꿈치,
  손가락, 무릎 같은 단어들. 그런 단어들은
  사람을 불러들인다. 발뒤꿈치를 주무르거나
  손을 맞대고 손가락의 길이를 재어보던 사람.
  무릎을 베고 그늘에 누워 여름 노래를 부르
  던 사람.

─ 생각하는 것만으로도 편지를 읽는 것 같을 때
  가 있다. 어깨를 대고 함께 책을 읽던 일을
  기억하느냐고 묻는, 서로의 손목을 잡고 연
  한 맥박을 쥐어보던 때를 이야기하는. 그런
  생각을 하면 지난 사랑이 맞대어보던 손바
  닥처럼, 서툴게 적어보던 첫 편지처럼 느껴
  지기도 하는 것이다. 서투름과 온기가 항상
  함께였던 것. 그러다가 웃음으로도, 포근함
  으로도 소리 없이 번져가던 것.

12.

　가끔씩의 생활은 마치 바람을 붙잡으려는 것처럼 느껴진다. 무엇도 남기지 않고 손가락 사이를 빠져나가 버리는. 초여름 밤의 바람에는 조금의 습기조차 없는 걸까. 허공에 뻗어보았던 손만이 혼자 바람이 지나갔다는 사실을 알고 있다. 바람이 지나기 전 그대로의 모습으로.

　움켜쥐었던 손을 펴 보아도 남아 있는 것이 없어서 바람이 지나갔다고 말할 수가 없다. 바람이 불었었다고 말하기엔 보여줄 것이 없으니까. 사는 일도 가끔씩은 보여줄 것 하나 없이 그저 지나가기만 하는 느낌이다. 그저 무언가 지나갔다는 어렴풋한 기억만 남겨두고. 그럴 때면 마음이 버석버석하다. 봉투를 묶어두는 것을 깜빡해서 밤새 말라버린 식빵 조각 같다.

유성이 떨어졌다. 바깥에서 담배를 피우던 K가 그
것을 발견했다. 그이는 방금 유성이 떨어졌다고, 텅
빈 새까만 하늘을 가리키면서 말했다. 나는 보지도 못
했으면서(봤다고 해서 아는 것도 아니지만) 문득 그
건 부서진 인공위성의 잔해가 아니었을까, 하고 생각
했다.

"원래 하루에도 수천 개가 떨어진대. 낮에도 밤에도.
우리가 보지 못할 뿐이지."
K가 담배 연기를 내뿜으며 말했다.

13-2.

지금도 어딘가 유성이 떨어지고 있다.
보이거나 보이지 않거나 한다.

보이지 않는 별똥별에는 소원을 빌어도 되는 걸까.
문득 궁금하다.

14.

글이 잘 나오지 않을 때는 이 우주에 나만큼 쓸모 없는 사람이 있을까, 하는 생각을 한다. 글을 쓰는 일을 하는데 글을 쓰지 못하다니. 그것은 물 공포증이 있는 수영선수나 바늘을 무서워하는 재단사가 된 느낌이다. 나는 최소한 글자가 무섭지는 않으니 다행이라고 해야 할까. 이런 쓸모없는 생각들이나 조금 지나가고.

15.

언제부턴가 빗소리를 좋아하게 되었다. 언제부터였을까, 문득 생각해 보니 빗소리가 싫게 느껴졌던 적은 없었던 것 같다. 그저 빗소리를 좋아할 이유가 하나 더 생긴 것이다.

밤에 앉아 책을 읽거나 글자들을 적고 있을 때면 톡, 하는 소리로 비는 찾아온다. 이내 쏴아, 하는 소리로 방의 여백들을 채우고. 소리는 잠시 소란스럽게 느껴졌다가, 오랜 시간도 지나지 않아 그저 자연스레 공간 사이에 자리를 잡는다.

빗소리는 오롯이 빗소리 같아서 좋다. 누군가는 비가 올 때 부침개를 부치는 이유가 기름이 지글거리는 소리와 빗소리가 비슷해서라고 했었는데, 그 이야기가 떠올라서도 좋다. 그 이야기를 떠올리고 있으면 옅은 기름 냄새와 그 사람이 웃을 때 나던 특유의 향이 나는 것 같아서, 그 냄새를 킁킁 맡다 보면 여름 냄새와 물 냄새가 나서도 좋다.

그 냄새들을 따라가다 보면 문득 그 모든 것이 빗소리에서 비롯되었다는 것을 알게 된다. 기름이 튀는 소리와 여름의 냄새도, 어느 여름에 튀어나온 작은 부침개 이야기와, 어쩌면 어설프게 웃으며 보이던 그 사람의 흰 이와 가늘어지던 눈꼬리도 모두 빗소리에서 태어났을지도 모르겠다. 비는 최초의 부침개보다, 아니, 최초의 웃음보다도 더 오래되었을 것이다. 태고太古부터 내려오던 비. 그 즈음의 나는 항상 원시의 비를 생각하고……

　마음은 점점 멀리로만 간다.
숲으로 들어가는 사람처럼. 멀고 맑아진다.

16.

행복해져야겠다는 결심은 너무나도 모호하고 어려운 것 같아서, 우선은 저녁에 산책을 해야겠다는 결심을 했다. 내일은 분리수거를 하고, 저녁으로 채소를 먹어야겠다는 결심을 할 것이다. 그런 자그마한 일들을 잘 지나다 보면 따로 무엇을 결심하지 않아도 꽤나 행복한 사람이 되어 있지 않을까. 생각해 보면 대뜸 '행복해져야겠다'라는 다짐 같은 것으로는 결코 행복에 닿을 수 없을 것만 같은 느낌이 든다.

작은 것부터 해야지.

17.

누군가 집에서 하루쯤 자고 가기로 했고 또 누군
가는 내가 그이 사는 곳에 가서 저녁을 먹기로 했는
데, 문득 그 모든 일들이 흐릿하게만 느껴졌다. 어
렸을 때는 그런 일들이 참 쉽고 아무렇지 않은 일이
었는데. 요즘은 그런 일들과 나의 생활 사이의 거리
가 이만큼 멀어진 것 같은 느낌이다.

18-1.

— 허리를 펴세요.

 책을 읽다 허리를 펴라는 말이 있어서 문득 힘껏 허리를 펴고 있다. 누가 보고 있는 것도 아닌데 꼭 그 래야만 하는 것처럼 허리를 펴고 있는 것도, 나뿐만이 아닌 많은 사람들도 이 문장을 보고 비슷한 행동을 하 고 있을 거라는 사실도 자그마한 웃음을 낸다. 나만 다 른 사람이 아니라는 사실이 묘한 안도감을 주는 걸까.

 같은 페이지를 보고 저마다 힘껏 허리를 펴고 있을 사람들을 생각하고 있다.

어떤 문장들은 무의식중에 사람을 움직이게 하는 힘이 있는 게 아닐까. 생각을 해 보면 허리를 펴라는 문장을 보고 허리를 펴지 않은 적은 단 한 번도 없는 것 같다. 그렇게 생각하면 무언가를 시키는 문장에는 정말 어떤 (마법 같은) 힘이 있는지도 모르겠다.

문득 남은 페이지들에 "행복하세요." 같은 문장은 없는지 찾아보았는데, 아쉽게도 그런 문장은 보이지 않았다. 고작 그런 문장 하나로 행복해지는 사람이 있을까 싶지만. 분명 그런 사람도 있을 것이다. 고작 문장 하나로 매번 허리를 힘껏 펴는 사람이 있는 것처럼.

19.

어느 얼굴이 나오는 꿈을 꿨다. 요즘 자주 꿈꾸는 얼굴이다. 그 얼굴은 이제 너무 오래되어 버려서 아주 작은 조각으로만 볼 수 있다. 맑게 웃을 때면 살짝 찡그리는 콧잔등이나 빛을 받으면 연한 갈색을 띠던 눈동자의 모습으로. 혹은 바보같다며 나무라던 농담 섞인 목소리나 당차던 목소리 사이 섞여들던 슬픔의 모습으로.

머리로는 이미 멀리 사라졌다는 것을 알고 있는데, 마음은 그것을 영 받아들이지 못해서 까무룩한 아침마다 그 조각들을 추스르고 있다. 잠에서 다 깨지 못해 먹먹한 손끝 때문에 조각은 침대 틈 사이로, 베갯잇 아래 어딘가로 하나씩 빠져나가는지. 한껏 청소를 하다 보면 채워지는 구석도 있을까. 이부자리를 정리하다 그 얼굴을 한 번쯤 다시 보고 싶다는 바보같은 생각을 했다.

뜬구름 같은 생각이나 하며 지나고 싶은 하루다.
여름의 호흡은 기다랗고, 해는 아쉬운 듯 자꾸 자리
를 뜨지 않는다. 그늘에 앉아 언젠가 지나쳤던 것들
을 느리게 떠올리고 있다. 찬 커피잔에 앉은 물방울
들, 물방울이 내려가 적시는 밑바닥의 종이 받침, 깨
문 자국이 있는 녹색 빨대. 바람은 지나가고, 열기는
바람 지나간 자리를 다시 메우고.

여름에는 기다란 생각이 좀처럼 들지 않아서 짧은 생각들을 여러 번 나눠서 해야 한다. 구름이 해를 가렸다가 다시 지나는 일. 해가 비쳤다가 잠시 가렸다가 다시 비치는 일.

겨울에는 매번 생각이 길어졌고, 생각이 길어지면 매번 외롭고 불안했다. 여름에는 좀처럼 그럴 틈이 없어서 다행스럽다.

'짧은 생각'이라는 것에 대해 생각하고 있다. 낙엽이나 꽃잎처럼 아주 잠깐 스쳤다가 떨어지는 생각이다. 문득 하늘을 올려다보거나 양치를 하다 잠깐 하는. 그런.

짧은 생각은 조금 억울하지 않을까. 사람을 상하게 하는 생각들이나 마음을 충분히 돌보지 않고 뱉은 실언에는 꼭 그런 이름이 붙으니까. 생각이 짧았습니다. 길고 못된 생각들도 많은데. 그런 생각은 짧은 게 아니라 잘못된 게 잘못일 텐데. 물론 짧아서 부족한 생각도 있고 오래 생각해서 푸근하고 예쁜 마음도 있지만. 짧은 생각은 별 생각도 없을 텐데 혼자 억울해하고 있다. 이런 작은 일들에 열을 올리고 있으면 조금 바보가 된 것 같은 느낌이다.

21.

　단순해지자는 결심은 항상 무너진다. 생활의 일들을 끊임없이 해 나가지 않을 때, 햇빛에 빨래를 널거나 마른 헝겊으로 접시를 닦거나 하지 않는 때 생각은 어느새 자리를 잡고 앉아 있는 것이다. 생각은 자리를 채우고, 모래성을 무너뜨리는 파도처럼 깨진 결심을 저 먼바다로 흘려보낸다.

　나는 흘러가 버린 결심의 조각들에 대해서도 생각해야 하고, 결심을 무너뜨린 마음들에 대해서도 생각해야 해서 혼자 항상 분주하다. 단순해지자는 결심 같은 건 이미 저 멀리 사라져 버리고. 의미 없는 고민이나 조바심 따위를 두르고 열심히 밤을 걷는데, 목적지가 어딘지는 생각하지 못해서 내내 걷다가 지치기만 한다.

비가 오는 5교시였다. 선생님은 외롭고 슬픈 노래 하나를 틀어 두고는 "이 음악에 어울리는 그림을 그려 보라"고 하셨다. 우는 얼굴이나 비가 오는 풍경을 그리는 친구들 사이에서 나는 열심히 바다를 그렸다. 아주 어둡고 흐린 바다. 검정과 파랑 물감을 씻어내다 물통을 엎지른 것 같은 바다.

선생님은 내 그림이 엉망이라고 하셨다. 슬픈 마음은 당연히 엉망일 텐데, 선생님은 수행평가를 이런 식으로 하느냐고 핀잔을 주셨다. 그건 내 슬픔이었는데.

수행평가 점수는 거의 바닥이었지만, 그 즈음 다른 사람의 슬픔을 함부로 재단할 수는 없다는 것과 세상에는 여러 모양의 슬픔이 있다는 사실을 알게 되었다. 그래도 무언가를 배우긴 했으니까. 다행이라고 해야 할까.

아직도 슬픈 날에는 종종 그 그림이 떠오른다.

23-1.

　파도가 끊임없이 밀려오고 부서지는 것만으로도
울음이 나던 날이 있었다. 무용하게 매번 부서질 뿐
인데도, 넘어갈 수 없는 모래밭으로 끝없이 다가오
고 무너지기만 하는 파도. 그때는 내 마음이 무너져
있었기 때문에 무엇을 보아도 그런 생각뿐이었다.
결국 사라질 거라면. 모두 부질없는 것들이구나. 무
슨 의미가 있을까. 아이들이 예쁘게 쌓아놓은 모래
성이나 해변을 거니는 사람들의 웃음도 그런 마음으
로밖에 마주할 수 없었다. 마음이 텅 비었을 때는
아무 표정도 지을 수 없다는 것만을 배웠다.

23-2.

　얼마의 시간이 지났는지는 기억도 나지 않고 가늠
해 보고 싶지도 않다. 다만 지금은 다시 그 바다에
나와 있다. 파도가 부서지는 것만을 내내 바라보았
던 바다. 자그마한 모래성과 사람들 사이에도 내내
슬픔이 끼어 있던. 오늘은 다행히 날이 맑았고, 바
닷가를 산책하며 파도가 만들어내는 잔잔한 소리와
반사되어 반짝이는 하늘을 내내 구경했다. 기분 좋
게 사락이는 파도의 소리를 그때는 들을 수 없었다.
잠시 바닷가에 앉아 부서지는 슬픈 모양 대신 나지
막한 소리를 기억하는 사람이 되고 싶다고, 사라진다
해도 모두 부질없지는 않음을 기억하는 마음을 갖고
싶다고 간절히 바랐다.

24.

　옆에 있겠다는 말은 얼마나 다행스러운지, 그 말만
으로도 가득 차오르는 밤들은 또 얼마나 많았는지.
잘될 거라는, 괜찮다는 뜻 하나 없는 그 말이 사람을
그 자리에 잘 있게 만든다. 그저 내 옆에 하나의 존
재가 있다는 것. 앞으로도 그 존재가 옆에 있어 줄
거라는 믿음. 그것만으로도 삶의 자리는 조금씩 단단
하고 따듯해진다. 존재를 나누어주는 사람에게 고맙
고 애틋해지는 밤.

25.

『 수박 』

　올여름에도 마트 진열대 앞에 서서 한참을 고민하다
수박 한 통을 사 왔다. 꼭지가 잘 말랐다거나, 유독 뒤
꽁지가 자그마한 것이 달다는 이야기를 곱씹으며 들어
가도 꼭 무맛이나 물맛이 나는 수박을 사 오는 것이 다
반사였지만, 어쨌든 여름이 오고 아침마다 마트 주차장
에 멈추는 커다란 트럭에 수박이 가득 실려 올 즈음이
면 한 번쯤은 꼭 그런 일을 했다.

　어린 손을 꼭 부여잡고 마트를 들어서는 연인에게 이
만 구천 원짜리 수박은 사치품에 가까웠지만, 어쨌거나
예전에도 여름이 오면 꼭 그런 일을 했었다. 무슨 소리
가 좋은지도 모르는 연인의 얇은 손마디가 수박을 통통
때릴 때의 리듬감 같은 것에, 한 명이 수박 끈을 벌려
잡으면 한 명이 조심스레 그 위로 수박을 내려놓는 일에
알 수 없는 죄악감과 마치 여름의 의식을 치르고 있다는
즐거움을 느끼면서.

크게 한 입을 베어 물 때마다 연붉은 과즙을 떨어뜨리는 연인의 턱 밑에 휴지를 대어 주며 나는 어디선가 들은 말로 "이제 수박이 나올 즈음마다 내 생각이 날 거라"는 이야기를 했었더랬다. 연인은 그럴 것 같다며, 사실은 지금도 그렇다며 연신 붉은 입술과 흰 턱 끝에 맺힌 과즙을 닦아내며 웃었다. 나는 그이가 정말 그럴 것이라고 생각하면서도, 나 또한 수박을 바라볼 때마다 같은 기억을 갖게 될 것까지는 상정하지 못한 채 그런 어린 이야기를 잘도 꺼내두고 있었다.

남은 수박에 비닐을 씌우고, 작은 멜라민 쟁반에 남은 수박 껍질을 음식물 쓰레기 봉지에 넣는 동안 연인은 창틈 사이 드는 저녁 빛을 맞으며 여린 고개를 연신 꾸벅거렸다. 이 방에서만 아이가 되는 연인과, 저녁 이맘때만 연해지는 여름의 빛과, 그이의 손끝에 달큰하게 스민 수박 냄새. 어쩌면 연인은 나로 하여금 그 순간을 여태, 여름과 수박 사이마다 기억하도록 하기 위해 부러 저리도 부드럽고 안락한 모습으로 저녁잠을 자는지도 모를 일이었다. 연인을 안아 들고 이는 닦고 자야 한다며 자리에 눕히는 내내 닿는 어깨와 뺨이 따뜻했다.

나도 그이의 기억 속에 수박으로 남아 있을까, 종종 생각한다. 혹은 그보다 좋거나 나쁜 것으로, 혹은 그보다 작거나 큰 것으로. 만약 그렇다면 되도록 가장 작고 흐린 것으로 남는 편이 좋겠지. 하지만 가끔은 그 졸음과 여름 저녁의 빛과 수박처럼, 이제는 서로 아무 의미도 없겠지만, 조금은 선명한 조각 하나쯤 되었으면 하고 바라기는 한다. 아주 가끔은.

여전히 긴팔옷을 입을 엄두는 나지 않지만, 분명
한 것은 가을이 오고 있다는 것이다. 저녁에는 창문
을 열어두면 안개 같은 선선함이 발끝부터 차오르기
시작한다. 그런 종류의 저녁은 맑고 차갑다. 새벽
즈음 몰래 나가 발을 담가보던 작은 냇가 같은 느낌
이다.

27.

좀 웃기긴 하다. 날이 조금 시원해졌다고 밤늦게까지 글을 쓰고 붙잡을 수 있는 게. 마당으로 향하는 창을 가득 열어 찬 공기를 들이고 있다. 풀벌레들은 꼭 가을 같은 소리로 울고, 밤은 조금 더 짙어졌다.

겨우 더위 때문에 글을 쓰지 못했다고 말하기에 여름은 내게 너무 큰 사건이었다. 여름의 공기는 에어컨을 강냉으로 틀거나 얼음을 얼려두는 것으로 피할 수 있는 게 아니었으니까. 덕분에 나는 여름 내내 발이 푹푹 빠지는 진창을 걷는 사람 같았고, 이제야 조금 단단한 땅을 밟게 된 듯 마음으로 한참 기뻐하고 있다.

모든 것이 잠들거나 사라질 준비를 하는 계절에 살아나기 시작하는 습성이 조금 외로운가, 하는 생각을 해 보았는데, 주변의 사람들이 다들 비슷하게 기뻐하는 걸 보면 그렇지만도 않은 것 같다. 그런

사람들이 서넛쯤 있으니 그렇게 외로운 일도 아닌
것 같고.

  비슷하게 기뻐하고 슬퍼하는 사람들을 보고 있으
면 조금은 혼자가 아닌 것 같아서 다행스럽다. 그
마저도 다들 비슷한 마음이려나.

좋아하는 사람의 책을 아껴서, 아껴서 읽고 있다. 그런 마음은 꼭 짝사랑을 하는 것 같아서, 아주 조금씩만 읽어야지, 하는 마음이더라도 덮고 보면 이미 이만큼이나 지나 있다. 멈추려 해도 멈춰지지 않는 마음이고. 아마 이번에도 금세 끝나버린 책을 들고 이리저리 아쉬울 것이다. 아쉬워서 같은 페이지를 다시 읽고, 돌아보고. 같은 페이지에 한 번은 슬픔을, 한 번은 애틋함을 느끼기도 하면서. 그런 마음을 숨겨보려고 애써 페이지를 덮고 며칠 모른 척하기도 하면서. 그래도 알거나 모르는 마음으로 또 읽고, 읽고 있을 것이다. 마음처럼 되지 않는 일은 언제라도 마음처럼 되지 않는 것 같다. 하지만 가끔씩은 그것으로 어떤 마음이 생겨나기도 한다.

오늘의 첫 일과는 빵을 굽는 것이었다. 조가비 모
양의 작고 포슬포슬한 빵들. 언젠가 갖고 싶어했던
빵 만드는 책을 누군가 선물해주었고, 오전에는 밀가
루와 부침가루가 무슨 차이인지도 모르는 상태로 내
내 반죽을 하고, 틀에 버터를 바르고, 오븐 안을 들
여다보며 제발 타지 말아달라고 빌었다.

사실 혼자 먹을 생각이었다면 조금 덜 떨었을 텐
데, 책을 준 이에게 빵을 돌려줘야지, 하고 마음을
먹었더니 냄비를 태워먹거나 속이 덜 익거나 하는 일
들이 잔뜩 있었다. 핑계 같지만 누군가를 생각하며
하는 일들은 그렇다. 괜히 손끝을 떨어 손을 데이거
나 다 구운 빵을 떨어뜨리게 되거나 하는 것이다.

　이 마을에는 사람이 잘 오지 않는다. 사람이 오기에
는 너무 먼 곳이다. 말하자면 모서리 같은 곳. 지도를
두고 내가 사는 점과 누군가 사는 점을 이어 그리
면 대부분 가장 긴 선이 만들어지고, 덕분에 자주 얼
굴을 보지는 못하지만 언제든 몸보다는 마음이 더 가
까울 거라는 위안을 삼을 수는 있다. 누구에게든.

　하지만 이 모서리에도 서너 시간을 들여 꼭 찾아와
주는 사람이 있다. 분명 돌아가는 데에도 꼬박 똑같은
서너 시간을 들여야 할 텐데, 그럼에도 불구하고 지퍼
백에 복숭아 두 알을 담아오거나 무거운 가방에 내
입에 맞을 것 같았다는 커피를 한 병 넣어오거나 한
다. 고작 하룻밤 잠들 이불을 빨아두거나 저녁밥을 준
비해 두는 것으로 그런 마음을 갚을 수 있을까. 지금
도 그런 미안함이나 고마움 같은 건 전혀 모르겠다는
듯한 웃음이 저 멀리서 손을 높이 높이 흔들며 걸어
오고 있다.

주변이 주는 힘을 요즘은 자주 실감하게 된다. 밥을 먹자며, 커피를 마시자며 고립된 방에서 나를 끄집어내어 주는 사람과 눈을 반짝이며 끝없는 이야기를 들어주는 사람, 밤이 길고 낮아질 즈음을 알고는 전화를 걸어 어둠을 채워주는 사람. 겨울이 지나고 다시 겨울이 가까워지는 동안 고맙게도 그런 사람 두엇을 더 알게 되었다. 마음을 주는 사람과 마음을 받아주는 사람, 읽은 마음을 가져다 더 큰 마음으로 돌려주는 고마운 사람들도. 작은 집은 봄과 여름을 지나는 동안 조금도 변하지 않았지만, 왠지 이번 겨울의 작은 집은 조금 더 포근하고 따뜻할 것 같은 느낌이다. 그런 마음으로 겨울을 기다린다. 맑은 저녁.

며칠 전 피포페인팅 세트를 선물 받았다. 밤바다 같은 남색 배경에 아몬드나무가 그려져 있는 그림이다. 미리 그려진 선과 도형을 따라 색을 칠하고 있으면 아무런 생각이 들지 않아서 좋고, 넓은 도형 하나를 꼬박 칠하고 나면 뿌듯해서, 조금씩 완성되어 가는 그림이 마음에 들어서 혼자 조금 기뻐한다.

사실은 자그마한 병에 들어있는 물감들이 부족하진 않을까 조금 불안해서, (괜찮을지는 모르겠지만) 한두 방울씩의 물을 섞어서 캔버스를 칠하고 있다. 적당한 농도를 생각하면서. 너무 묽어서는 색이 보이지 않고, 너무 진하게 칠하다가는 물감이 떨어져 버릴 것 같아 걱정이다. 어느 부분은 연하고 어느 부분은 진하면 또 보기 싫은 모습이 되겠지. 생각보다 걱정할 것이 많지만 그림을 칠하고 있을 때는 단지 그것만 걱정해도 되기 때문에 그조차도 다행스럽다. 사실 고작 물감에 대한 걱정이라면 조금 더 해도 괜찮을 것 같고. 물감과, 캔버스와, 아몬드나무에 대한 걱정만으로 작은 밤을 지난다.

어젯밤에는 배경을 칠하는 12번 물감의 농도가 정
말 적당해서 기뻤다. 너무 묽거나 진하지도 않고, 캔
버스 위에 선명하게, 미끄러지듯 발리는 느낌. 물감을
칠하고 붓과 작은 팔레트를 씻는 동안 딱 이만큼의
농도를 가진 사람이면 좋겠다고, 더는 흩어져버리거나
굳어버리는 사람이고 싶지 않다고 빌었다.

조금 웃기지만, 각자의 생일마다 쓸모없는 선물을 준비해 오는 모임이 있다. 제일 쓸모없는 선물을 준 사람이 1등을 하는 모양인데, 사실은 아무도 신경을 쓰지 않고 서로 선물을 보여주고 웃느라 바쁜 모임이다. 어제의 나는 햄버거 모양의 가방과 반짝이가 잔뜩 달린 모자(외 여러 가지……)를 받았고, '받은 선물은 그 자리에서 착용하기'라는 규칙이 있어 세상에 나와서는 안 될 모습과 사진을 잔뜩 남겨야 했다.

한껏 우스꽝스럽고 부끄럽지만, 생각해 보면 그런 식으로 서로의 앞에서 망가져도 괜찮은 사람들이 있다는 건 조금 좋은 일인 것 같다. 요즘은 다들 숙제를 하듯 멋지고 좋은 모습들을 찾아 헤매니까. SNS에 게시해 둘 사진은 없지만 어제는 참 즐거웠다. 걱정 없이 웃고 기뻐했다.

하고 있는 일이 생각보다 잘 되면 나는 스스로 조금 재수없다는 생각을 한다. 그런 일이 생겼다는 게 남들에게는 부럽고 질투 나는 경우이기 때문인 것 같다. 보통 다른 사람을 재수없게 생각하는 것은 그런 일들을 다른 사람들에게 알리고 다니기 때문인데, 스스로에게 일어나는 일은 숨기거나 굳이 말하지 않을 수 없기 때문이다. 아무튼 오늘도 좋은 일이 있었고, 그 일 때문에 하루 종일 즐거운 동시에 스스로가 재수없는 묘한 기분이 들었다. 내가 스스로를 아끼고 사랑하지 않아서 그런 걸까, 하는 생각을 하다가 좋은 일이 생겼는데 그런 생각을 하고 있는 것조차 재수가 없는 것 같아 차라리 아무 생각도 하지 않기로 했다.

쓸데없는 진지함은 좋은 농담이 된다.

다만 그것은 진지함의 흉내에서 그쳐야 하는데,
그렇지 않으면 내가 농담거리가 되기 때문이다.

36.

  누군가 집에 다녀가는 날에는 편한 옷으로 갈아입
지 않고 잠시를 기다리곤 한다. 혹시 무언가 두고
갔을까 봐, 혹은 문득 무언가 잊고 온 느낌에 조금
만 더 있다 갈게, 하며 영화처럼 돌아오지 않을까
하는 생각도 해 보면서. 가끔은 이런 모습이 웃기기
도 하지만, 초라한 모습보다는 마음으로 마중을 한
번 더 다녀오는 것이라는 생각을 해 보려 한다. 그
마음으로 빈 집을 조금 채운다. 밤공기가 시원하다.

- 카페 구석에 앉아서 사랑에 대해 말하는 노래를 듣고 있다. 예쁘고 차분한 노래. 조용하고 잔잔한 노래. 차분하게 사랑을 노래하는 사람들은 차분한 사랑을 할 수 있는 걸까. 어쩌면 매번 흔들리고 연약한 사랑을 해서 그토록 바라는 마음으로 노래를 하는지도 모르겠다.

- 간절히 바라고 소원하던 것들이 모두 무너지면 며칠을 기다려 그런 일들에 대한 조용한 글을 적을 수 있었다. 그런 문장들은 사실 내가 적었다기보다 어딘가에서 태어나 종이로 옮겨지는 것 같다. 얇은 공기 사이에서. 혹은 책 한 권이 빠져나온 책장의 틈 사이에서.

- 얇은 공기 사이에서. "out of thin air"°라는 말을 매번 그렇게 읽는다. 오역해야 더 와닿는 말들도 있고. 마음이 조금 복잡하다.

— 정상보다는 바닥을 마주해 본 사람의 말이 더 차분하다. 바닥에서 다시 마음을 일으키는 사람. 그런 사람은 터진 풍선의 조각을 들고 있는 손의 모양을 하고 있다. 새로운 풍선을 구하러 갈지는 모르겠지만, 우선은 바닥에 떨어진 잔해를 모두 주운 사람. 다음의 무언가를 할 준비가 된 사람. 그런 사람의 차분하고 믿음직한 뒷모습을 생각하고 있다.

— 노래가 사랑의 모양을 이야기하고 있다. 누군가 불쑥 사랑이 어떻게 생겼느냐고 물어본다면 뭐라고 대답해야 하지. 나는 정답을 갖고 있진 않지만 최소한 대답 대신에 알려줄 수 있는 시집 한 권을 알고 있다. 그런 사실만으로도 피어나는 사랑이 있다는 것도 알고 있다.

°(관용구) 난데없이, 갑자기

38.

『 한 여자 』

누군가 각도기로
무언가를 재고 있다

아무것도 모르는
여자가 말한다

이왕이면
120도면 좋겠네요

70도면 너무 슬플 것 같아요

상상만으로도
이렇게나 슬픈데…….

눈이 내는 길이 있다. 사람과 사람 사이에. 곧바르거나 오래 돌아가기도 하면서.

눈길은 어떤 방식으로 나는 걸까. 누군가가 누군가를 바라보는 때마다 눈길은 나는 걸까. 잘은 모르지만 그렇게 생각하면 세상의 모든 사람과 사람 사이에 작은 오솔길이 생긴다. 딱 한 사람만 걸을 수 있는 길. 눈으로 꼭꼭 다져져 길이 되어버린 길.

다정하고 부드러운 눈길들을 생각한다. 마주 바라보는 것만으로도 부풀어 올라 맨발로도 한참을 걸을 수 있는 길. 사실은 아주 가까워서 오래 걷지 않아도 충분한 길. 그런 눈길들은 그것만으로도 자랑이 될 수 있다. 나를 향한 다정과 웃음이 있다는 것. 나를 향해 나 있는 작고 아름다운 길들이 있다는 것. 그런 눈빛들은 사람 사이의 거리와 상관없이, 생각하는 것만으로도 가깝고 소담한 길이 자란다.

하지만 물론 모두가 모두를 다정하고 사랑스럽게 보는 것은 아니라서, 생활을 지나다 보면 종종 차라리 없었으면 하고 바라는 눈길이 생겨날 때도 있다. 빛이라기에는 너무나도 어둡고 아픈 눈빛. 내내 미움과 화가 깔린 눈길. 그런 눈빛이 내는 길은 서늘하고 날카로워서 도무지 걸을 용기가 나지 않는다.

따듯한 길만을 바라는 것은 욕심일까. 어린아이 같은 마음은 아닐까. 하지만 그런 마음에도 내내 햇빛 같은 눈길을 보내주는 사람이 있다.

다정한 사람이 낸 길 위에 따듯한 길을 덮고, 그 길 위에는 그이의 눈길이 다시 덮이고. 그렇게 두터워지는 눈길들이 있다는 것을 알고 있다. 믿음처럼, 사랑처럼 두툼해지는 길들. 바라보고 있으면 뒤틀리고 뾰족한 길들 위에도 다정을 덮을 수 있는 용기가 생길까. 역시 잘은 모르지만, 길을 따라 걷다 보면 힘이 되어 줄 무언가가 따라 태어나기도 할 것이다. 그런 믿음이 있다.

어떤 방향이든 누군가가 나를 생각한다는 사실은 꽤나 이상한 느낌이다. 그 생각에 어떤 의미가 있는지도 모르면서. 엊그제는 이제는 이름과 얼굴만 겨우 아는 사람이 내 이야기를 물어보았다는 이야기를 듣고 그런 느낌이 들었다. 이전에도 두어 번 그 이야기를 물어보았었다고. 나는 그 사람에게 어떤 의미로 남아 있는지가 궁금했다. 순간은 그 사람에게 직접 물어볼까 하는 생각을 했는데, 나는 그 사람의 연락처도 없고 그 사람도 그건 마찬가지일 거라는 생각을 하니 문득 나와 그 사람의 거리가 엄청나게 멀다는 생각이 들어 그만두었다. 어쩌면 그이는 그만큼 멀어서 궁금했을지도 모르겠다. 원래 멀리 사는 사람은 소식을 듣고 살기가 어려우니까. 몸이든 마음이든.

41.

 잠깐 그렇게 살아보고 싶어서 메신저와 SNS를 모두 지웠다. 그러면서 어디엔가 "문자 부탁합니다."라고 메모를 남겨 두었는데, 실제로 문자를 보내오는 사람은 하나밖에 없었다. 문득 그 사람의 마음이 어떤지도 모르면서 그 사람이 조금 각별하다는 생각을 했다.

42.

　항상 마음이 조급하다. 오늘은 그런 마음을 어디에든 적어야만 했다. 항상 조급한 마음을 갖고 산다고, 이 마음을 가만히 내려놓고 모른 척할 수 있으면 좋겠다고. 어딘가 적어 두면 어떻게든 그렇게 할 수 있게 되지 않을까. 적어도 종이 위에 내려놓을 수는 있는 거니까.

　조급한 마음을 실제로 볼 수 있다면 그것은 한 손으로 움켜쥘 수 있을 정도의 크기일 것 같다. 항상 붙어서는 소리를 내거나 부르르 울리기도 하는 걸 보면 아마 적당한 휴대전화 정도의 크기일까. 핸드폰은 '방해 금지 모드'라든지 음소거를 해 두면 된다지만 마음은 그럴 수도 없는 노릇이니 꽤나 골치가 아프다. 말하자면 무시할 수 없는 업무 전화, 정도의 존재감인 것 같다.

오늘은 마음이 너무 조급해서, 급한 마음을 어딘가 내려둔 채로 손을 씻고 당근을 일정한 크기로 자르는 사람이 되고 싶다고 생각했다. 당근을 잘라 냄비에 넣고는 사각사각 사과의 껍질을 깎는 사람. 당근과 사과와 조급하지 않은 마음이 무슨 상관인지는 모르겠지만⋯⋯. 그저 조급한 마음을 갖고 있더라도 아무렇지 않게 그런 일들을 할 수 있는 사람이었으면 좋겠다.

　조급한 마음이라는 것을 잘 놓아둔 다음에 당근을 자르고 사과를 깎고⋯⋯. 그런 유치한 생각을 한다. 그런 유치함으로 돌보아지는 마음도 있을 테니까. 내 내 고작 그런 마음이었으면 좋겠다. 가볍고 서툴고 유치할수록 얼른 좋은 쪽으로 돌아올 수 있다.

43.

아직 12월도 오지 않았는데 날이 제법 차갑다. 새
까만 밤의 모습을 보며 차가워진 손끝을 만져보고 있
다. 이번 겨울은 오래 있다가 가는 걸까. 얼마가 지
나면 봄에게 자리를 비켜 주려나.

사실은, 행복한 마음 사이 조금의 두려움이 끼어있
음을 알고 있다. 겨울은 차갑고 어두운 면이 있으니
까. 겨울을 좋아하지만 너무 길지는 않았으면 하는
생각도 해 본다. 그런 일들이 있다. 사랑하지만 두렵
기도 하고, 기다려왔지만 막상 다가오면 걱정되기도
하는. 계절의 이야기가 아니더라도.

44.

　당신의 바람을 알고 싶습니다. 당신이 꿈꾸는 것
과 원하는 생활을 알고 있다면 당신의 기꺼운 곁이
되거나 한없이 멀어지는 일도 할 수 있을 것만 같아
서 그렇습니다. 그렇게만 된다면 저는 가득히 기뻐
지거나 아득히 슬퍼질 수도 있을 것입니다.

　나의 바람과 상관없이 요즘의 바람은 높고 서늘합
니다. 소망하는 것과 불어오는 것을 모두 바람이라
하는 말장난도 요즘에는 한참 슬퍼집니다. 이것은
내가 바라지 않던 것입니다. 그것을 한참 맞고 있다
보니 당신이 바라지 않는 것들도 조금은 알고 싶습
니다. 조금만 바라는 것은 그 안에 내가 있지 않을
까 하는 걱정의 탓입니다. 이런 바람을 안고 살아갑
니다. 높고 서늘한 바람이 붑니다. 곧 겨울이 오겠
습니다.

비일상과

O

이방인

45.

경주에 왔다. 어딘가 멀리 떠나야 한다면 그곳은 꼭 경주여야만 할 것 같은 마음이 있었다. 나지막한 건물들의 위로 연푸르고 넓은 하늘, 그리고 그 옆을 나른히 지나는 형산강. 아주 조금의 시간만으로도 어딘가를 이만큼 사랑하게 되는 일이 조금은 두렵지만, 오늘은 그저 당장 사랑하고 싶은 것들을 사랑하고, 걷고 싶은 길을 걸어야겠다는 혼잣말을 한다. 여행은 마땅히 그래야 하니까. 여행이 아니라 생활이더라도. 사실은 모든 면에서 그랬으면 한다. 언제라도.

소풍으로도 수학여행으로도 와 보지 못한 이 도시는 아직 생경하다. 그래도 자주 바라볼 수 없는 존재라면 조금은 어색한 편이 좋겠지. 문득 마음으로 사랑하지만 자주 볼 수 없는 사람을 속으로 생각하다가, 자주 보지만 내내 가까울 수 없는 사람을 생각하다가 한다.

내일은 첨성대를 구경하고 무령왕릉 주변을 기웃거
릴 것이다. 아무 연고도 없이 외양만을 겨우 관찰하는
사람처럼. 수학여행을 온 학생들처럼.

○

경주의 넓은 하늘에 대해 생각하고 있다. 사실 하늘은 어디에서라도 넓을 텐데, 이곳은 건물들이 낮고 평탄해서 조금만 눈을 들어도 모두 하늘이다.

그런 하늘을 보고 있으면 넓은 마음을 가져야지, 하고 쉬었던 한숨과 노력들이 마냥 덧없게 느껴지기도 한다. 비어 있는 공간은 자연히 넓다. 정말 필요한 것은 마음을 잡아 늘이고 넓히는 것이 아니라 공간을 차지하고 있는 것들을 비워내는 일이었을지도 모르겠다.

경주에 가면 꼭 첨성대를 보고 와야지, 하는 생각이 있었다. 별을 관측하며 미래를 점치고 하늘에 가까워지려 했던 어느 과거인의 아름다움을 느끼고 싶었던 것은 아니지만, 그래도 경주라면 당연히 첨성대는 보고 와야지. 그런 당연한 마음.

어떤 이유나 근거로 포장하지 않아도 괜찮은 마음. 그런 종류의 당연함은 누가 시키지 않아도 항상 무언가를 설명하거나 변명해야 했던 마음을 가득 풀어지게 만든다. 기다란 이유나 당위성 같은 것들 대신에 '당연히 그래야 한다'는 짐짓 비장한 말을 하고는 웃음을 터뜨려도 괜찮은 일들. 그런 마음이 내내 필요했던 것 같다.

이해받고 싶었나 보다. 책상에 매달려 글을 쓰고 고치는 일들을. "책은 잘 팔리냐"는 질문의 대답으로 흔히들 평가받곤 하던 생활 같은 것들도. 물론 어쩔 수 없는 일들이지만 이곳에서는 그런 말이나 마음 같은 것들이 잘 들리지 않는다. 다만 그저 당연한 곳들과 당연한 마음들만 넓고 낮은 하늘처럼 사방에 번져 있고. 그래서 사람들은 여행을 다니는 걸까. 잠시 떠나왔다는 사실만으로도 마음이 차오르는 것을 본다. 이방인으로서 찾은 경주는 마음을 많이 쓰지 않아도 괜찮은 곳이다. 그저 연갈빛을 한 거리 사이를 부지런히 걸어 다니기만 하면 되는 것이다.

○

　첨성대는 생각보다 작았고, 또 생각보다 컸다. 이런 모순을 느끼는 것은 '첨성대는 생각보다 작아'라는 누군가의 이야기를 듣고 상상 속의 첨성대가 잔뜩 쪼그라들었기 때문이다. 아마 첨성대는 나보다 조금 더 큰 정도가 아닐까, 어젯밤의 첨성대는 그 정도로 작은 크기가 되기도 했었는데.

　조마조마한 마음으로 찾은 첨성대는 (당연히) 어젯밤의 생각보다는 컸고, 그래서 기뻤다. 첨성대를 생각했던 처음의 마음이 가늠했던 정도, 딱 그 정도의 크기였기 때문이다. 정말 적당한 크기네. 너무 크지도 작지도 않고. 햇빛을 받아 반짝거리는 네모난 돌들. 적당히 따뜻한 갈색의 잔디밭과 낙엽 진 숲. 주변을 산책하는 동안도 첨성대는 내내 그곳에 있었다. 그 당연한 일이 그렇게 안심이 되어서 발바닥이 아파질 때까지 주변의 산책로를 빙글빙글 돌았다.

○

호수 한 켠의 카페에 누워 있다. 누워 있지만 앉아 있다. 창가 앞에 놓인 빈백에 반쯤은 앉고 반쯤은 누운 자세로, 잠에 들듯이 글자들을 적고 있는 것이다.

보문호의 물결은 부드럽구나, 경주의 하늘은 늘 그렇듯 잔잔하고 고요하구나, 같은 생각. 강 너머에는 놀이동산과 유원지가 있지만 그다지 소란스레 보이지 않는다. 겨울이라 그런 걸까, 경주는 유독 모든 것들이 한결 고요한 모습을 하고 있는 걸까.

문득 오전 열한 시 무렵에 카페에 누워 있는 내 모습이 조금 생경하다. 여행을 떠나오면 가장 선명하게 느껴지는 감각은 일상에서 벗어난 상태, 말하자면 '비일상'에 대한 감각인 것 같다. 평소라면 어떤 장소에서 어떤 일을 하고 있었을 시간에, 전혀 다른 곳에서 전혀 다른 행동을 하고 있다는 감각. 겨우 열한 시쯤 졸음과 함께 글을 쓰고 있는 지금의 나는 세상의 어디쯤, 생활의 어디쯤에 자리하고 있는 걸까. 여러 물음들이 떠오르지만 그중 하나도 마음을 어렵거나 데면데면하게 하지 않는다. 조용한 물음들. 아주 넓은 호수에 던져지는 아주 작고 가벼운 조약돌 같은 물음들. 눈 한 번 깜빡이는 시간에 사라지는 파문을 남기고 흩어지는.

이 또한 경주가 가진 고요함일까, 혹은 비일상이 주는 일상과의 거리감일까. 그런 생각을 했더니 마음이 기다란 꼬리를 내어서, 우선은 지금 사랑할 것들을 사랑하기로 한다. 어느새 나의 온기를 머금은 빈백과 손에 익은 키보드, 그리고 까무룩한 지금의 눈꺼풀 같은 것들.

○

　하루 이틀쯤 경주를 살아보며 느끼는 점은, 아주 조금만 걸어도 너른 공원과 커다란 무덤이 있다는 것이다. 거의 내가 묵은 숙소만큼이나 커다란 무덤들. 그런 능陵과 총塚이 도시 곳곳에 자리하고 있다는 점이 여전히 어색하지만, 문득 그 어색함은 내가 아닌 무덤들의 몫이지 않을까, 라는 생각이 들었다. 무덤들은 이 주변의 도로와 건물들이 수없이 사라지고 새로 지어지는 동안, 그것들을 없애거나 새로 짓는 수많은 사람들이 생을 마치고 또 새로 태어나는 영겁의 시간 동안 같은 자리를 지켰을 테니 말이다. 어쩌면 시간이라는 것은 지날수록 우스워지는 것일까. 그러고 보면 동그란 무덤들은 꼭 편히 누워 지긋이 웃고 있는 얼굴들 같기도 하다.

　부러운 마음이 들었다. 이곳의 사람들은 끝내 변하지 않을 거라는 믿음을 어딘가에 두고 다닐 수 있을

것이다. 누군가는 첨성대에, 누군가는 왕릉에, 또 누군
가는 크고 잔잔한 보문호의 한 구석에. 그래서 다들
조금씩 여유롭고 느릿한 모습으로 생활을 지나고 있
는 걸까. 그런 생각을 하고 있으니 이곳에 이방인은
오롯이 나뿐이라는 생각이 들어 잠시 주변의 거리를
걸었다. 나에게도 놓아둘 수 있는 마음이 있다면 이
즈음 어딘가에 스르르 놓여 주길 바라면서.

걷는 내내 사람들을 보고 있다. 이방인의 즐거움은
관찰에서 비롯된다. 처음 보는 장소와 사람들, 그이들
사이의 이야기와 생활들, 생소한 억양과 풍경 같은 것
들이 어색한 동시에 즐거운 관찰의 대상이 되는 것이
다. 사실 애초에 이방인에게 주어지는 선택지는 단 둘
뿐인지도 모르겠다. 관찰하거나, 섞여 들어가거나.

○

경주의 마지막 밤은 흐릿했다. 흐릿하다고 기억하고 싶은 걸까. 이제 숙소 주변의 거리는 눈에 익어 지도를 보지 않고 걸었고, 여전히 겨울 풀빛의 무덤들은 걷는 주변에 있었다.

중간마다 잠시 멈춰 무덤들을 바라본다. 그러면 꼭 눈에 담아 갈 수 있다고 믿는 사람처럼. 아무것도 비우지 않고 채울 수 있다고 믿는 사람처럼.

경주의 밤은 무언가를 스며나가게 했고 그 자리에 새로운 마음을 조용히 채워 넣었다. 친구의 주머니에 슬며시 넣어두는 작은 사탕처럼. 많은 것을 채워가는 여행이었는데도, 나는 여전히 길가에 빠뜨린 것들을 못내 아쉬워하는 사람이라는 사실도 알게 되었다.

언젠가는 잃은 것들을 얻은 듯 고맙게 생각하는 사람이 될 수 있을까. 저 언덕 같은 무덤들만큼 커다란 마음을 안을 수 있을까. 여전히 비울 것이 많은 마음. 빠뜨릴 것이 많아 무거운 마음.

　밤은 깊고 고요하다. 종종 사람들의 웃음소리가 들린다. 어떤 울음은 웃음처럼 들리기도 하던데. 저 중 무엇은 울음이었을까. 고요하고, 소란스럽고, 기쁘고, 슬픈 밤. 어디선가 볕이 드는 듯한 밤.

2부

46.

또 한 번의 겨울이 오고 있다. 겨울은 며칠 전 주
문해 둔 택배처럼 온다. 어제는 아주 먼 곳에서 이
제 막 출발을 했다고 했는데, 오늘은 문 앞에 놓여
있다는 문자를 받는 것처럼. 갑작스러운 것들 중에
마음에 드는 것은 택배와 겨울 뿐인 것 같다.

기온이 한 자리로 떨어졌다. 그것은 이제 헛헛하다
는 말의 핑계를 멀리서 찾지 않아도 된다는 말이다.
겨울이니까, 이불을 뒤집어쓰고 헛헛하다고, 춥고 쌀
쌀하다고 말해도 괜찮을 것이다. 누군가는 "겨울이라
그래." 하고 말할 거고, 그렇지 않더라도 "겨울이라서
그런 것 같아."라고 내가 말하면 되니까. 그러다가도
아무렇지 않게 귤껍질을 까거나 머그컵을 들어 홀짝
일 것이다. 그런 아무렇지 않은 헛헛함. 다들 크게 다
르지 않을 일이라 생각하면 또 조금은 누그러드는 마
음이다.

　문득 자그마한 크리스마스 트리를 사볼 생각을 하고 있다. 작은 집에는 사는 사람이 하나밖에 없어서 겨우 일 인분과 몇몇 고양이 분의 즐거움만을 주겠지만. 혼자 보기 위한 트리는 조금 비효율적이지 않나, 하는 생각을 하다가 그래서 더더욱 필요한 게 아닐까, 하는 생각을 해 본다. 효율을 따지는 마음과 스스로를 돌보는 마음의 가운데쯤에는 자그마한 크리스마스 트리가 있는 걸까.

문득 그랬으면 좋겠다고 생각했다.

49.

00 : 28

- 가끔은 미친 짓이라고 여기던 행동들이 평생을
  바꾸기도 해요. 다행인 점은 그 한 번의 용기가
  바꾼 평생은 대부분 나쁘지 않다는 점이고요. 적
  어도 미친 척하고 그런 짓을 했다는 사람들 중
  에 크게 후회하는 사람은 아직 본 적이 없어요.

심심찮게 사랑이 뭐냐고 물어보는 사람이 있었다.
나는 그때마다 나름대로의 최선을 다해 당장 생각나
는 '사랑'을 이야기했었는데, 한참 이후 그 사람이 얻
은 결론은 '사랑은 결국 변해버리는 것'이 되어 있었
다. 그 사람은 이제 내게 사랑을 묻지 않고, 나도 그
이에게 사랑을 이야기하지 않는다.

　조그마한 나무 접시에 담겨 있던 귤을 조물락거리
고 있다. 전에 이곳에서 일을 하던 분이 가져다 주
셨다면서, 카페의 사장님께서 세 알을 담아 주신 것
이다.

　귤은 처음부터 바깥처럼 차가웠고, 조물락거리는
지금도 차갑다. 하지만 더 조물락거리다 보면 조금
더 따듯하고, 말랑하고, 달콤한 귤이 되겠지. 손에
두고 조금씩 굴리고 주무르다 보면 좋아지는 존재가
문득 단순하고 귀엽다는 생각을 했다. 조물락거리기
만 하면 좋아지다니. 별다른 노력도 없이. 마음이나
생활 같은 것들도 그렇게 된다면 얼마나 좋을까.

　여전히 귤을 조물락거리고 있다. 두 알은 먹었는
데, 남은 한 알을 조물거리며 귀엽다는 생각을 했더
니 먹기가 조금 어색해졌다. 손에서 귤 냄새만 가득
난다.

목도리를 산 다음 날부터 거짓말처럼 날이 따듯하
다. 따뜻하자고 산 것이긴 한데, 괜히 억울한 마음이
들어서 집을 나서기 전에는 괜히 목도리를 한번 매
보고, 다시 벗어두고는 집을 나온다. 조금 허탈하다.

이 마을은 아주 작고 조용하다. 그리고 밤이 오면, 특히 겨울밤이 오면 아주 아주 어두워진다. 여름과 가을의 저녁마다 걸었던 산책로에서는 이제 신발 끝조차 보이지 않는 어둠이 있었다. 어제는 그 사실을 몰라서 산책로 입구를 조금 서성거리다 돌아왔고, 오늘은 그 사실을 알아서 산책을 나가지도 못했다.

겨울에는 그런 작은 사실에도 끝없이 슬프다. 얕게 얼어있는 강에 돌멩이 하나를 던지듯 쉽게 구멍이 나는 마음이다.

 사실은 종종 외롭다. 사랑이 없는 것과는 조금 다른
느낌이다. 글을 쓰다가, 책을 읽다가, 바닥을 쓸거나
밥을 먹을 때도 외로움은 종종 찾아온다. 그 외로움이
얼마나 큰 것인지는 몰라서 '아주 큰 외로움'이라고
적었다가, '엄청난 외로움'이라고 적었다가, 이내 그냥
'외로움'이라고 적는다.

 외로울 때 누군가를 만나거나 휴대전화를 만지작거
리는 일은 생각보다 큰 도움이 되지 않는다는 것을
알게 되었다. 말하자면 엎지른 물잔 앞에 서서 눈을
질끈 감는 정도의 도움 밖에는. 잠시 막아둔 외로움
은 더더욱 깊고 짙은 모습으로 찾아오고, 나는 그런
것에 대비해 놓은 마음이 없어 매번 무너지기만 한
다. 아직까지 도움이 되었던 것은 찾아온 외로움을
한참 마주하고 있거나 잠시 나가 바깥의 밤을 관찰하
는 것밖에 없었다.

55.

숨 쉴 구멍이 필요하다는 생각이 들었다. 사실은 며칠째 그런 생각을 하고 있다. 겨울에는 종종 그런 생각을 하게 되니까. 차갑고 미끄러운 생각들이 수면으로 떠오를 때면 밤은 두터운 얼음 사이 틈을 찾으려는 물고기처럼 분주하게 헤엄치고.

당장 한껏 숨을 참고 있는 이에게 눈앞의 숨구멍을 외면하라는 말은 너무 어렵지 않나. 겨울밤이 너무 깊은 날에는 낚싯바늘과 입을 맞춰도 좋겠다는 생각이 들 때가 있다. 최소한 짧은 순간 숨을 쉴 수는 있겠지.

하지만 얄궂게도 그런 날에는 절대로 바늘 드리워진 구멍 하나조차 보이질 않는다. 너무 춥고 어둡기 때문이다. 더 얄미운 점은 그런 숨은 다음 날 아침까지 어떻게든 참아진다는 점이다.

56.

"약간의 추위를 안고 살아야 하는 천성 같은 것이
있는지, 가끔 마음에 하나의 슬픔도 없을 때는 스스
로 조금 불안해져요. 스스로의 열을 이기지 못해 살
이 익어버리는 다랑어가 된 것 같은 마음이랄까요.

커다란 기쁨은 무서워요. 커다란 기쁨이 사라질
것이 아니라 그 자체가, 두렵고 조금 부담스러워요.
기쁨에 잠겨 춤을 추고 노래를 부르다 보면, 글을
쓰는 내가, 조용히 생활을 하고 작은 집의 입구에
주저앉아 신발을 신는 내가 사라질 것만 같은 느낌
이 들거든요.

어제는 무너지지 않을 정도의 작은 기쁨 두어 개
가 있었고, 오늘도 그만한 기쁨 한두 개가 있었어
요. 마지막으로 마주친 커다란 기쁨은 나흘쯤 전이
었는데, 그날 밤에는 그것이 너무 불안해서, 작은
슬픔을 하나 찾아 끌어안고는 고른 숨이 나올 때까
지 기다려야만 했어요.

그러니까, 괜찮다면 작은 기쁨이 되어줄래요?
작은 콧노래가 나올 정도로만요."

긴 밤이다. 겨울의 밤은 왠지 모두 연결되어 있는
커다란 터널 같다. 며칠 전의 밤이 내던 소리가 이
먼 오늘의 밤에, 메아리처럼 옅고 흐릿하게 맴돈다.
마치 터널의 저 끝에서 누군가 입가에 손을 모으며
"**안녕-**" 하는 소리를 지른 것처럼. 아마 그이는 안부
를 물은 것일 텐데. 과거의 나에게 안부를 전해줄 수
없다는 당연한 사실이 밤에는 조금 더 멀게 느껴진다.

아마 오늘 무언가를 적으며 들었던 음악이나 답답
한 마음에 톡톡 두드려보았던 책상의 소리 같은 것
들도 내일모레 쯤 옅게 들려올 것이다. 그것은 즈음
의 나에게 무엇으로 들리려나. 문득 그것이 며칠 전
슬픔의 안부 같지는 않았으면 해서, 아주 작게 콧노
래를 불러보았다. 그러면 조금 활기차게 들리지 않
을까 해서.

58.

　사람의 마음은 하루에도 오천 번씩 바뀐다는 누군
가의 말을 생각하고 있다. 그 말은 아주 오래되었을
뿐더러 당시에는 별다른 의미도 없는 농담이었는데,
시간이 지나면서 종종 떠오른다. 도무지 바뀌지 않
을 것 같은 생각이 들었을 때, 무언가나 누군가를
믿기 시작했을 때. 그 말은 항상 아주 가볍게 떠올
라서 믿음 비슷했던 모든 것을 비웃고는 사라진다.

사람의 마음은 하루에도 오천 번씩 바뀐답니다…

하루 종일 카페에 캐롤이 울린다. 캐롤은 매 겨울
도 아니고, 겨울 중에서도 막 기온이 내려갔을 때부
터 크리스마스까지만 흐른다. 나머지 계절의 캐롤은
어딘가에 숨어서, 혹은 갇혀서 조용히 조용히 있는
것이다. 조용히 있어야 하는 노래라면 조금 슬프지
않을까. 이 밝은 노래들에도 슬픈 면이 있다는 점을
생각하면 조금 어색한 느낌이고.

그렇게 생각하면 조금 슬퍼져서, 캐롤들이 자기들
끼리 모여 서로의 노래를 부르는 여름을 생각했다.
즐거이 모여 앉아 다정히 서로를 불러보는. 그런 여
름의 어느 밤.

어제 봤고 오늘도 본 사람에게 아무런 용건도 없이
내일 또 보자고 말하는 일에는 얼마나 큰 용기가 필
요할지 생각하고 있다. 사람 하나에 사람 하나만큼의
용기면 될까. 한참을 고민하는 사람과 고민 끝에 전
화를 거는 사람만큼의 용기면 될까. 생각하다 보면
필요한 용기의 크기는 사람만큼 사람만큼 늘어난다.
결국에는 사람만큼의 시간이 지나버리고.

61.

교회에 큰 트리가 생겼다. 내일부터는 잠시간 즐거
운 노래를 부르고 기타를 연주하고 사람들 앞에서 연
극을 하는 사람이 될 것이다. 밤에는 선물을 받고 또
내 선물을 열어 볼 사람의 얼굴을 관찰하는 사람도.
하루종일 누군가를 사랑하거나 누군가의 사랑을 받는
사람도 있겠지. 사랑받지 못하고 있다는 생각에 우울
한 사람, 사랑받지 못해 슬픈 사람을 하루종일 몰래
생각하는 사람도.

생각해 보면 특별한 날이 아니더라도 어딘가에서는
즐거운 노래를 부르거나 기타 소리가 들리고, 사람들
앞에서 연기를 하는 사람들도 여러 날에 볼 수 있을
것이다. 사랑하거나 사랑받는 사람, 사랑받지 못하는
사람과 그런 사람을 사랑하는 사람도. 그런 사람들이
아주 조금 더 잘 보이고, 그런 마음들을 조금 더 들
켜도 괜찮다는 것. 그런 것만으로도 특별한 날은 특
별하기에 충분한 것 같다. 함께 노래를 부르고 선물
을 주고받기에도.

　무릎을 끌어안고 잔뜩 움츠러든 사람과 함께 앉아 있었다. 겨울만큼이나 고요한 사람과 함께.

－ 나는 소라게처럼 숨어 있고 싶어.
－ 그래서 그렇게 웅크리고 있는 거야?

　그 사람은 아무 말 없이 끌어안은 무릎에 얼굴을 묻었다. 나와 붙은 팔과 종아리에서, 푹 숨은 머리와 어깨에서 온기가 느껴졌다. 움츠러든 사람은 더 따듯해지는 걸까. 그러고 보니 항상 강한 모습을 한 사람은 다들 조금 차가운 것 같고. 그 사람이 여전히 얼굴을 묻은 채 말했다.

－ 웅크리고 있는 모습은 못나 보이는 것 같아.
－ ⋯⋯소라껍질 같고 예쁜데, 뭘.

그 사람이 작게 웃었다. 나는 따라 웃다가 그 사람의 옆에 무릎을 끌어안고 앉아 있었다. 따듯하게. 닮고 싶은 마음이었을까. 밤은 흐르듯 지나가고 있었다.

산책을 하는데, 저 멀리 앞서 걷던 부부가 있었어
요. 겨울이라 많이 추운 날이었는데, 말없이 나란히
걷던 남편분이 갑자기 눈이 오니까 아내분의 패딩
모자를 꾹꾹 눌러 씌워주시는 거예요. 잘 빗은 머리
카락이 헝클어지든 어쨌든, 그냥 꾹꾹, 이요. 그러고
는 계속 나란히 걸어가는 모습을 보는데, 그게 문득
되게 사랑 같더라고요. 상대의 아름다운 모습을 물
론 좋아하지만, 그보다는 그 사람의 따듯함과 감기
들지 않기를 더욱 중요하게 생각하는 마음이요.

거긴 많이 추운가요? 모쪼록 감기 조심하세요.

64.

어떤 마음은 걸음의 속도를 맞추는 것으로도 시작된다. 같은 속도로, 같은 보폭으로 같은 거리를 걸어갈 때. 그 마음이 무엇이든 간에.

아주 낮은 곳을 생각한다. 허리를 굽혀야 겨우 닿을 수 있는 곳. 무릎을 꿇어야 겨우 눈을 맞출 수 있는 곳. 내 자신도 소중하지만 누구도 낮추어보지 않을 수 있는 곳이었으면 좋겠다. 주저앉은 누군가의 맞출 눈이, 뻗지 않아도 맞잡을 수 있는 손이 되어줄 수 있는 곳이라면 더욱 좋겠다. 높이 올라가는 사람보다는 바닥을 조금 더 촘촘히 채우는 사람, 튼튼한 다리로 천천히 가던 길을 걸어가는 사람. 어깨에 꼭 맞는 가방을 메고.

새해에는 꼭 하나씩 소원을 빌게 된다.

작은 냄비에 물을 끓이고 머그컵에 녹차 티백을 넣어 둔다. 검은 냄비 안의 투명한 물이 끓는 것을 바라보면서 그런 고민도 한다. 나는 정말 차를 마시고 싶은 걸까. 그것에 대한 고민이 끝나기 전에 항상 물이 끓는다. 이 작은 고민을 하기에도 부족한 시간이 두렵다. 무섭다고 적었다가 지우고 두렵다고 적는다. 무서움과 두려움은 조금 다른 거 아닌가. 또 고민이 생기고.

모르겠다. 모르는 것이 너무 많은 생활은 무섭기도 하고 두렵기도 한 것 같다. 겨울의 나는 그런 무지에 맞설 힘이 없어서 그저 숨어버리거나 잔뜩 받아들이며 산다. 끝끝내 고민을 하면서도 녹차를 홀짝이는 밤처럼.

차가운 날이다. 차가운 날에는 정말이지 아무것도
하고 싶지가 않고. 그저 이불 속에 틀어박혀서 고작
천장을 보고 누워 있거나 오래된 영화를 흘끗흘끗 보
고 싶다. 아무것도 보고 있지 않은 것과 비슷한 마음
으로. 차가운 날이니까 어쩔 수 없어, 같은 억지스러
운 핑계를 종종 대어가면서.

68.

지독하게 미워할 사람이 있었다면 최소한 그런 사
람에 대해 적을 수라도 있었을 텐데, 추운 날에는 무
엇에도 그다지 열이 나지 않는다. 감정은 두껍고 오
래된 카펫 같고, 쉽게 달아오르거나 어딘가로 휙 날
아가 박히지도 않는다. 분노와 열감은 잠시 불 붙은
성냥처럼 쉽게 사그라들고 바스러진다.

미운 사람 하나 없는 생활이라는 것이 문득 내가 삶
을 너무 물렁하게 살고 있다는 말이 아닐까 싶어 걱
정이 됐다. 생각해 보면 나의 생활에는 전투적이라거
나 경쟁심이라거나 하는 게 하나도 없는 것 같고. 눈
을 반짝이며 정상에 서겠다는 친구는 꽤나 멋있어 보
였었는데, 막상 내가 그런 눈을 하고 있다면 조금 부
담스러울 것 같다. 반짝이고 부릅 뜬 눈. 앞에 무언가
길을 막는다면 거침없이 헤쳐내어 버릴 것 같은 눈.
그런 눈이라면 거울을 보면서도 눈을 피하게 되지 않
을까.

할 수 있다면 되도록 동그랗고 말랑말랑한 글을 쓰고 싶다. 한두 줌의 글. 뜨겁지도 차갑지도 않은, 손에 쥐고 주무르거나 입안에 넣고 잠깐 굴렸다가 꿀꺽 삼켜도 아무렇지 않은. 둥글게 몸을 말고 잠든 고양이의 모습 같은 글.

되도록이면 삶도 그런 모습이었으면 좋겠는데, 종종 말이나 마음으로 누군가를 찌르는 일이 있을까 항상 걱정이다.

줄곧 슬프고 불안한 것들에 대해 쓰고 읽는 마음이
문득 조금 아깝다는 생각이 들었다. 가장 좋아하는 계
절이 왔고 찬 공기 사이로 드는 볕은 이렇게나 포근
한데. 마음으로 만든 감옥에 갇혀서 스스로를 탓하고,
미워하고, 두려워하면서 살고 있을 때가 아닌데.

큰 창의 커튼을 함껏 걷고 창을 열어 겨울의 찬 바
람을 집안에 가득 들였다. 슬프고 걱정해야 할 시간도
언젠가는 필요하겠지만, 지금은 아니었으면 좋겠다며.
그 생각을 하니 금세 커튼을 젖힌 작은 집처럼 볕이
한아름 쏟아졌다. 잠시 맨 얼굴로 우수수 떨어지는 햇
빛을 맞고 있었다.

어떤 때는 내가 가진 생활이라는 게 도저히 무언가 쓸 만한 것이 아니라서, 차라리 아무것도 쓰지 않는 사람이었다면 어땠을까 하는 상상을 한다. 그랬다면 무언가를 관찰하거나 오래 생각하거나 할 일도 없이 출근을 하는 평범한 아침과 집에 돌아오는 평범한 저녁이, 늦잠을 자고 일어나 밀린 드라마를 챙겨보거나 친구를 만나거나 하는 주말이 있었을 것이다. 어릴 때는 그런 평범한 삶은 정말 싫어, 같은 생각을 했었는데, 이제는 그런 삶도 정말 좋겠지, 같은 생각을 한다. 애초에 내가 평범이라 생각했던 일들도 사실은 정말 어려운 일들이기도 했고.

사랑이 정말 필요할 때가 아니라 사랑이 없어도 괜찮을 것 같을 때가 사랑을 하기 좋은 때라고, 누군가 그런 말을 했었다. 혼자여도 괜찮을 때 둘이 되어야 한다고. 아무래도 그러는 편이 좋겠지. 글을 쓰거나 생각하거나 하는 일도 비슷한 것 같다. 쓰지 않는 삶도 좋겠지, 하는 상태로. 글을 쓰는 것만이 내 삶이라고 생각하면 글을 쓰는 생활 외에는 아무것도 잘 돌볼 수가 없게 된다. 조금이라도 운동을 하고 영양제를 챙겨 먹거나 집안일을 제때 잘해 두거나 하는 일들도. 사랑하는 일이라도 적당한 거리감을 두어야 하는 것이다.

하지만 적당한 거리는 어떻게 두어야 하나. 사랑을 하고 있는 사람에게 적당히 하라는 말은 너무 잔인하고. 가득 껴안고 싶은 마음을 누르고 눈치를 보며 주변 어딘가를 서성일 수밖에 없는 것이다. 한 걸음씩 다가가거나 물러나거나 하면서.

71.

　빛이 강한 날에는 당연하게도 더욱이 짙은 그림자
가 진다. 한낮의 나무나 벽돌담 아래에도. 가만히
서서 누군가를 기다리는 사람의 발밑에도. 하지만
누구도 그림자가 짙은 날이라고 말하지 않는다. 그
런 날은 그저 빛이 강한 날인 것이다.

　겨울치고는 내내 밝은 날이었다. 빛이 들지 않는
창가에 앉아 바깥의 볕을, 볕을 맞고 있는 존재들을
가만히 보고 있다. 며칠 전 만났던 사람은 그날도
웃고 있었는데. 그 사람은 슬프고 힘들수록 애써 더
웃는다고 했다.

　해가 가득 비치는 날과 금방이라도 비가 올 것 같
은 날. 그 사람에게는 어떤 날이 더 좋을지 궁금해하
고 있다. 다만 무엇이든 그이에게 편한 날이었으면
좋겠는데. 오늘따라 사방에 그림자가 짙었다.

어떤 것을 믿고 있다고 말하는 사람을 생각하는 것
만으로도 눈물이 고인다. 믿음이 될 만한 것을 하나도
주지 못했는데, 어디선가 아주 작은 것들을 들고 와서
는 얇은 가지와 푸른 잎을 피워내는 사람. 나조차도
무언가를 믿지 못해서 조용히 앉아 있을 때 손을 가
만히 쥐고 나를 그 앞으로 데려가는 사람.

그런 사람의 눈에는 정말 믿음이라고밖에 부를 수
없을 것만 같은 어떤 깊이감이 있다. 바다라기보단 동
굴 같은. 보고 있으면 가만히 들어가 기대어 앉고 싶
은 깊음이다. 언제부턴가는 어딘가 숨고 싶을 때마다
그 사람의 눈을 떠올렸다. 그럴 때면 희고 밝은 겨울
볕을 맞으며 서 있어도 아늑한 곳에 깊이 들어있는
느낌이 들었다.

문득 글을 쓰거나 밥을 하고, 산책을 하는 시간들이 아주 부질없게 느껴질 때가 있다. 눈이 오는 날 한참 마당을 쓸다가 다시 내리는 눈을 보는 느낌이랄까. 이렇게 해서는 어디에도 닿지 못할 것 같은 느낌이 들 때. 그럴 때면 속으로 작은 문장을 읊고 있다. 속에서도 작은 목소리로.

이것은 아주 작은 일이다.
하지만 분명 존재한다.

아주 작은 일. 하지만 분명 존재하는 일. 누군가 멀리서 부르는 노래처럼 금세 흩어지더라도 분명 존재했고 존재하는 일. 아주 작아서 잘 보이지 않지만 그래서 더욱 자세히 볼 수 있는 일. 안부를 묻던 누군가의 인사 같은 일. 그렇게 생각하면 아주 커다란 일.

이 문장을 발음할 때는 '분명'이라는 단어에 약간의 힘을 주어야 한다. **분명**. 아주 작은 일이지만 진지하고 확고한 표정을 지으면 더욱 좋다. 그러면 아주 작은 일들이 더욱 분명하게 느껴지니까. 더 분명히 있다는 믿음을 가질 수 있으니까. 작은 일들일수록 더욱 커다란 믿음이 필요하다. 믿을 수 없고 아주 작은 일들은 쉽게 사라져 버리는 것 같다.

74.

- 영원한 것들은 조금 쓸쓸하겠다는 생각을
  해 본다. 끝없이 오래되기만 하고 사라지지
  는 못하는 것들. 시간이나 우주, 그리고
  (아마도) "영원한 건 없다"는 말 같은 것들.

- 주변의 모든 것이 때때로 생겨나고 또 사라
  지는 사이에 남아 있어야 하는 마음은 어떤
  모양을 하고 있어야 할까. 모르긴 해도 그
  런 마음은 버틸 수 있을 만큼 강하고 단단하
  거나 아주 부드러워야 할 것이다. 그래야
  그런 오랜 시간을 버틸 수 있을 테니까.

- 조금 더 생각을 해 보았는데, 그런 마음은
  아무래도 아주 아주 부드러울 것 같다. 물이
  나 공기처럼. 아주 단단한 것들 중에 결코
  닳아지거나 깨지지 않는 건 아직 보지 못했
  기 때문이다.

75.

머리 바로 위에 달이 떠 있는 날이었다. 오늘은
더욱이 달이 가깝게 보였다. 왠지 가까워진 것 같은
느낌에 무언가 말을 걸어보고 싶었는데, 그것은 아
무래도 나만의 마음인 것 같다는 생각이 들었다(달
은 이야기하고 싶지 않을 수도 있으니까). 그래도
무언가를 말해보려다가 겨우 "여기 밑에 사람 있어
요."라고 말했다. 달은 대답이 없었다.

어떤 밤에, 밤을 '두 번째 밤'이라고 부르는 사람이
있었다. 나는 그게 무엇으로부터 두 번째인지도, 어제
가 첫 번째 밤이었는지도 모르면서 그 말을 좋아했었
다. 두 번째 밤. 두 번째 밤. 그 사람이 가고 난 다음
날의 밤을 혼자 세 번째 밤이라고도 불러보기도 하
고, 아주 가끔은 죄를 짓는 듯한 마음으로 '두 번째
밤'이라고 말하는 그 입술을 떠올려보기도 했었다. 나
는 여태 그 단어를 좋아했다고 생각했었는데, 생각해
보면 나는 그 단어를 말하는 사람의 이름을, 얼굴을,
허공에 입김을 뱉듯 '두 번째 밤'이라고 말하는 모습
을 좋아했던 것 같다. 그게 '첫 번째 밤'이었든 '세 번
째 밤'이었든, 그런 것들은 아마 별 상관이 없었을 것
이다.

이런 깨달음이 항상 느지막이 오는 일이 싫고 답답
하다. 겹겹이 싸인 마음. 스스로도 안을 보지 못해서
다 상해버리고 나서야 가장 안쪽을 알게 되는 일들.

내내 늦지 않게 안쪽의 마음을 알게 해달라고 내내 바라다가, 오늘은 마음을 너무 깊이 숨기지는 않는 사람이 되게 해달라고 빌었다.

언제쯤 상하지 않은 마음을 보여줄 수 있는 사람이 될 수 있을까. 마음이 온전하게 밖으로 나오게 되는 날을 상상하면 이미 시간이 저 멀리 지나 있다. 용기와 믿음이 필요하다고, 사랑할 수 있는 용기와 사람이 저 멀리 떠나가지 않을 것이라는 믿음을 달라고 바랄 때면 생활은 꼭 저녁의 강물처럼 흘러갔다. 마음은 강물에 비친 빛처럼 그 자리만을 떠돌고.

아주 작은 믿음과 애정. 어쩌면 시작하는 순간의
내게 가장 필요했던 것은 그런 것들이었을지도 모른
다. 다가올 좌절의 가능성을 계산하는 것보다, 지레
먹은 겁을 털어낼 방법을 찾는 것보다.

휴대전화를 새로 산 이후로는 달 사진을 자주 찍
었다. 날마다 바뀌는 달의 모양이나 외롭고 청명한
모습을 특히나 애정하는 것은 아니고, 그저 잔뜩 확
대를 하면 달의 얼룩까지도 촬영할 수 있다는 사실
이 신기해서 (바보처럼) 매일 사진을 찍고 '와…' 하
고 놀라거나 '세상이 좋아졌다'는 생각 같은 것을 하
는 종류였다. 며칠 정도 밤마다 그런 일들을 했었는
데, 달을 찍으면 인공지능이 적당히 달 모양으로 보
정을 해 주는 것이라는 K의 말을 들은 이후로는 흥
미가 사라져 버렸다.

문득 달은 조금 언짢을지도 모르겠다는 생각이 들
었다. 어차피 사람들도 다들 조금씩 꾸미고 보정해
가면서 사는데. 그게 나쁜 일도 아니고.

　요즘에는 '잘 살고 있음'의 기준이 너무 높아져 버
려서, 잘 살고 있느냐는 질문마다 다들 '잘 못 살고
있다'는 대답을 한다. 잘 못 사는 사람들은 다들 각
자 꿈을 위해 자그마한 일들을 하고, 자신의 자리에
서 해야 할 일들을 열심히 하고, 종종 만나 화창하게
웃고 서로의 상처를 쓰다듬어 주기도 한다. 다들 너
무나도 잘 살아내고 있는 것 같은데, 다시 물어도 다
들 '잘 못 살고 있다'고 대답한다. 다들 기준이 너무
높은 게 아닌지 의심이 드는데, 그 예쁜 모습들에 그
런 말을 하기가 어려워서 매번 내 기준이 너무 낮은
가 보다, 하고 만다.

어디라도 조금 걸어야겠다는 생각이 들어 작은 마당을 이리저리 걸어 다녔는데, 막상 단지 '걸음'만을 걸으니 아무런 변화도 일어나지 않는다는 것을 알게 되었다. 정말 필요한 것은 단순히 걷는 동작이 아니라, 삶의 일부가 되어버린 특정한 장소를 벗어나는 해방감이었던 것이다. '존재의 해방' 같은 단어들을 피켓처럼 치켜들고 겉옷을 걸쳐 입었다.

그렇게 하면 일상 바깥의 새로운 세계로 뛰쳐나갈 수 있을 줄 알았는데, 대문 밖으로 나오자마자 딱히 갈 곳이 없다는 것을 깨닫게 되었다. 딸깍 잠긴 대문의 열쇠를 다시 만지작거리다 들어와서 글을 적었다. 밤이 어두워서 다행이라는 생각을 했다.

Y가 피아노를 배워 왔다. 대뜸 피아노를 배우겠다는 선언을 한 지 이제 한 달이 되었는데, 어제는 피아노가 있는 교회의 작은 방으로 날 끌고 가더니 이름도 잘 모르는 어떤 스코틀랜드 민요를 더듬더듬 연주해 낸 것이다. 얼마가 더 지나면 너는 더 더 어렵고 예쁜 노래들을 쉽게 연주하는 사람이 되겠지. 30초짜리 작은 곡을 연주하고는 씩 웃는 모습을 생각하니 지금도 따라 웃음이 난다.

자라나는 사람에게서는 알 수 없는 빛이 난다. 그것이 오후의 햇빛이었는지, 윤기가 나는 피아노 건반에 비친 빛이었는지는 몰라도 기억 속의 Y에게서는 분명 빛이 났다. 아주 곱고 반짝이는, 강물 위로 미끄러지는 윤슬 같은 빛. 그것은 어쩌면 더 아름답게 살아보자는 사람의 마음에서 비친 빛이었을까.

요즘의 햇빛은 비스듬하다. 장마처럼 똑바로 내리던 여름의 빛과는 조금 다르게, 반쯤 기대어 누운 사람처럼 낮게, 그리고 깊이 들어온다. 꼭 겨울의 사람들은 방안 깊숙이에 있다는 것을 알고 있는 것처럼.

매번 어둡기만 하던 침대의 머리맡에도 오후에는 햇빛이 들었고, 책상에 앉아 있다 문득 그 노란 빛을 보고 있다. 비스듬하게. 따뜻하고 느릿해 보이는 빛과 침실을 떠다니는 작은 먼지, 데워지고 있는 베개의 홑청 같은 것들을. 기울어진 덕에 깊이 들어갈 수 있는 마음이 있다면 나도 조금 비스듬히 사는 것이 좋지 않을까. 허리에는 안 좋겠지만.

"바다를 보러 가고 싶다는 말에 바로 겉옷을 챙겨
입는 사람이 있다는 것은 얼마나 큰 축복인가요. 적
어도 재밌겠다며 달력을 보고 날짜를 잡는 사람이
요. 그건 조금 사랑인 것 같아요. 그 순간에 그 사
람도 문득 바다가 보러 가고 싶었던 참이었을 수도
있겠지만요. 하지만 어차피 둘 다 기적이 아닌가요.
한 번쯤 모른 척 가득 마음을 맡겨도 볼 만한."

84.

마음을 지키라는 이야기들은 참 많았는데, 생각해 보면 정작 마음은 지켜야만 하는 것은 아니었던 것 같다. 상처가 나는 것이 무서워서 마음을 너무 가두고 있었던 것은 아닐까. 넘어지면 무릎이 까질 거라며 아이를 뛰놀지 못하게 하는 극성 부모처럼.

너무 위험한 것이 아니라면 마음을 조금 풀어두고 키워야겠다고 생각했다. 너른 공간을 마음껏 달리고, 여름 햇빛에 얼굴을 태우거나 하루 종일 눈사람을 만들다 코가 빨개지기도 할 수 있게. 풀잎에 스친 생채기는 새살을 돋게 하고, 감기가 지나면 비슷한 종류의 아픔을 이만큼이나 더 쉽게 이겨내게도 할 것이다. 마음의 빗장을 풀고 마음껏 햇빛을 맞는 사람이 되어야지. 이제 아이는 아니더라도. 마음은 내내 자란다.

겨울의 밤이 겨울 같지 않다. 입김이 나오지 않을
정도로 기온이 올라가는 밤. 나는 "겨울이 다 간 것
같다"고 말하고, 그 사람은 "벌써 봄이 온 것 같네",
하고 대답했다. 또 다른 밤이 되어서야 그 차이가 사
뭇 느껴져서 볼 안쪽을 씹으며 골몰히 앉아 있다.

가는 것을 생각하면 실제로 가는 것이 없는데도 마
음에 생채기가 난다. 길을 걷다 부딪힌 누군가의 지퍼
에 스웨터의 올이 틀어지는 것처럼. 모른 채 지나가거
나 작은 한숨이 나오기도 하는 일, 하지만 누군가는
절대 알 수 없는 일.

마음도 그런 식으로 낡아가는 걸까. 이런 일들은 휴
대전화를 집어 검색해 볼 수 있는 종류의 것이 아니
라서 마냥 궁금해만 하고 있다. 언젠가 적당한 사람이
생긴다면 물어볼 수는 있겠지. 봄이 온 것 같다던 그
사람에게 슬쩍 물어볼까, 하는 궁리만 늘어나고.

－　　나는 (　　　　　　　)하고, (　　　　　　)
　　하지도 않고, 그렇다고 (　　　　　　　　)
　　한 것도 아닌데…… 이런 나라도 사랑해
　　줄 수 있어요?

－　　…그게 왜요?

사람의 장점을 순수하게 칭찬할 수 있는 사람은 그
것만으로도 하나의 장점을 안고 있는 것 같다. 조금
의 질투나 허례허식도 없이 누군가의 한 꼭지를 아껴
줄 수 있는 사람. 빛나는 사람에게 순전한 마음으로
빛이 난다고 말하는 사람. 그런 사람은 자신의 빛나
는 것 하나 없이 빛나는 사람보다 더 빛나기도 한다.
그것도 아주 예쁘고 따듯한 빛으로.

　겨울마다 발이 가장 먼저 차가워지는 것은 그것이 심
장에서 가장 먼 곳에 있기 때문이다. 멀리 있는 것부터,
피가 많이 흐르지 않는 것부터 차가워진다.

　나는 그 사람에게서 얼마나 멀리 있는지, 그 사람
의 마음 중에 내게 흐르던 것은 얼마나 되었을지를
문득 생각해 본다. 겨울의 밤에는 그런 작은 일들까
지도 죄다 마음에 갖다 대어 보는 버릇이 생긴다.

아무런 잘못 없이도 용서받고 싶은 사람이 있다. 눈물을 뚝뚝 흘리며 잘못했다고 말하면 무엇을 잘못했느냐고 묻는 대신 괜찮다며 끌어안아 줄 것만 같은 사람이다.

그 사람 앞에 서 있으면 우리가 나누었던 모든 대화들이 매번 나의 잘못인 것만 같다는 생각이 들었다. 잘못을 해서 용서를 받는 것이 아니라, 그 사람에게 용서받고 싶은 마음에 모든 것들이 잘못으로 변하는 듯한 마음. 어쩌면 나는 그이에게 용서받음을 구원이라 생각했는지도 모르겠다. 이것은 용서받아야 할 마음일까, 용서받고 싶은 마음일까. 잘못 없이도 항상 미안하다.

올바르게 듣기 위해서는 귀가 아니라 마음을 돌아
볼 필요가 있다. 씨앗을 받아들이는 땅의 모습처럼 비
옥한 마음인지, 거친 가시가 자라나 선량한 마음을 닿
기도 전에 해치고 있는 것은 아닌지. 좋은 마음을 좋
은 모습으로 받아들여야 할 텐데. 항상 마음처럼 되진
않는다. 그런 흉하고 날카로운 날들이 있다.

　잔잔한 목소리를 가진 사람이 되고 싶다는 생각을
한다. 지금의 목소리는 태어나서 아직까지 들어왔는
데도 여태 어색한 느낌이다. 누군가를 위하는 마음
이, 그 무엇도 더하지 않은 채 전해질 수 있는 목소
리였으면 좋겠다. 슬픔이나 기쁨을 잘 더할 수 있는
목소리라면 더욱 좋겠고. 아, 이 사람이 기쁨을 느끼
는구나, 이 사람이 나의 슬픔을 듣고 있구나. 예측
가능한 사람의 소리. 예컨대 자주 듣는 음악의 다음
구절 같은 소리.

모두가 사랑에 목말라 있다. 그것으로 많은 일들이
일어났다. 누군가는 치열하게 사랑을 했고, 누군가는
아주 길고도 숭고한 싸움을 했으며, 누군가는 모든 것
을 포기하고 시를 적었다. 나는 싸움도 포기도 하고
싶지 않아서 사랑 비슷한 것의 옷자락 끝을 잡고 겨
울을 지났다. 밤마다 보이지 않는 눈이 내렸다.

23 ： 47

- 밥은 먹었냐고 물어보고 싶었는데, 그 잠깐이
  순식간에 지나가 버려서 못 했어.

- 그래서 미안하다고도 말하고 싶었는데, 네가 보
  이질 않아서 못 했어. 그날 내내 그 생각만 했
  는데.

00 ： 02

- 미안해.

'23시 47분의 마음'이라고 부르는 마음이 있다. 전화를 걸거나 연락을 남겨 두기에도 미안한 시간의 마음. 내게 용기마다 슬픔과 후회가 될 것만 같은 시간의 마음. 그래서 매번 밤의 시작점에 혼자 멍하니 서 있는 마음.

아직은 그 마음을 부를 수 있는 정확한 이름을 찾지 못했다. 새 자동차에 붙이는 임시 번호판처럼 '23시 47분의 마음'이라는 이름을 쓰고 있는 것이다. 그리워할 수 있는 이름과 두려운 마음, 사랑했던 일과 손을 놓친 사람이 이리저리 섞여 있는 마음은 어떻게 이름을 붙여야 좋을까.

굳이 굳이 설명해 보자면 23시 47분의 마음은 모르는 길을 걷고 있는 사람 같다. 사실은 길을 알고 있지만 애써 모르는 척 걷는 사람이다. 마주할 용기가 없어서, 들켜버릴 마음이 두려워서 멀리 멀리 돌아 걷는 사람. 너무 멀리 돌아가다가 길을 잃거나 주저앉아 버리기도 하는 사람. 그래서 매번 늦게, 23시 47분쯤에나 도착하는 사람. 혹은 그마저도 도착하지 못하고 여전히 헤매는 사람.

언제쯤 그 마음의 이름을 알 수 있게 되려나. 밤은 또 깊어지고, 그 자리에 어울리는 사람의 이름을 살짝 붙여 보았다가 슥슥 지운다. 문득 지운 자리에 '그 사람'이라는 단어를 적어 두었는데, 당분간은 내버려두어도 괜찮을 것만 같다. 그 사람은 이름이 되어줄까.

　가끔 편지를 쓴다. 대부분은 받는 사람을 정해두지 않고 쓰는데, 쓰다 보면 꼭 생각나는 사람이 있어서 결국에는 거의 그 사람에게 하고 싶었던 말로 마무리를 짓게 된다. 나는 그게 일종의 동경이라고 생각하곤 했는데, 요즘은 그 시간이 분명 사랑이었기 때문에 그런 것 같다는 생각을 하게 된다. 지금은 아니더라도 그때는 분명 사랑이었던 것. 사랑이었던 사람. 그런 시간이나 사람은 많지도 않고 금세 사라지지도 않는다. 겨울이었고 파도였고 손이었던 사람.

95.

　바닥, 가장 낮은 곳에 앉아 있던 먼지들을 쓸고 닦
는다. 먼지들은 가만히 움츠려 있다가도 비질 한 번에
공중으로 혹 피어오른다. 좋은 방법은 분무기에 물을
조금 담아 뿌리고 닦는 것이다.

　걸레질을 하며 생각한다. 어떤 마음들에 대해서. 내
내 가라앉아 있다가도 작은 바람 한 번에 일어나는
마음, 겨우 작은 물방울 하나만큼의 무게에도 다시 가
라앉아 버리는 마음. 이 먼지 같은 마음들은 어떻게
해야 하는 걸까. 슥슥 닦아버릴 수도 없는 모양인데.

코끝 아래로 봄 냄새가 지난다. 쌀쌀한 사이에 섞여오는 온기의 냄새. 겨우내 마른 풀과 새로 돋는 싱싱한 풀의 냄새. 겨울은 이제 가 버렸나, 연말 즈음에는 돌아오려나. 사람을 보내듯 고개를 들어 저 먼 길을 한번 살피는 것으로 겨울을 마중하고 봄을 맞을 준비를 하고 있다. 사람들은 산책을 하고, 종종 목줄을 한 강아지들이 곁을 함께 걷는다.

봄 냄새라니. 겨우 사람들이 구별해 놓은 경계일 뿐인데, 그런 냄새가 있다는 것이 조금 신기하다. 여름 냄새. 겨울 냄새. 바뀌어가는 수목의 색이나 온도가 아니라 냄새로 계절을 알아차리게 되는 일도, 향수에 익숙해지는 것처럼 계절의 입구에서만 그 냄새를 맡을 수 있는 것도.

신기한 점은 더 있다. 누군가는 맡을 수 있고, 또 누군가는 평생 그런 냄새가 있다는 사실을 모른 채 살아가기도 한다는 것이다. K는 여전히 '봄 내음'이라는 말을 이해하지 못하고, Y는 올해에도 웃으며 강아지처럼 코를 킁킁거렸다. 작년 봄과 똑같은 냄새가 난다며.

생각해 보면 '계절 냄새'라는 것은 어쩌면 기억의 냄새가 아닐까. 작년 이맘의 냄새. 아주 오래전 언젠가 눈이 오던 날의 냄새. 그 냄새들이 모여 문득 봄의 냄새나 여름이 오는 냄새가 되는 걸까. 기억의 양만큼 계절은 선명해지고, 냄새를 기억하는 사람들이 계절의 냄새를 맡게 되는 식으로. 겨울의 냄새는 여름보다 내내 선명하다. 장마 지난 늦은 여름마다 얼핏 누군가 방금 지나간 듯한 냄새가 나는 것도 다르지 않은 이유일 것이다.

이런 작은 가설을 기록해 두고 싶다. 그러면 생활 끄트머리의 작은 일들을 더 성실히 기억할 수 있을 것이다. 새로운 계절마다 하나둘의 사소한 일들을 떠올리기도 하면서. 새로 돋아나는 나무의 순처럼 조금씩 가득해지면서.

  사랑하지 않으려고 애를 쓸수록 자신이 그 존재를
사랑하고 있다는 것을 알게 된다.

  사랑하려고 애를 쓸수록 자신이 그 존재를 사랑하
지 않는다는 것을 알게 되는 것처럼.

98.

　오늘의 나는 겁이 많아서 아무것도 하지 못했다.
사실은 집안일과 집 밖의 일도 이것저것 했어야만 했
는데, 마음 안에 자리를 잡고 행패를 부리는 마음이
하나 있어서, 그 마음에게 함부로 굴었다가는 무엇
하나 부러지거나 다칠 것만 같아서 그저 가만히 가만
히만 있었다.

급히 그리움이 왔다. 그렇다고 했더니 사람들은 이
런저런 이야기와 방법들을 쏟아내기 시작했다. 나는
바쁜 꿀벌이 되고 싶지도 도움이 되는 성분이 들어있
다는 차를 마시고 싶지도 않았다. 사람들은 계속 이야
기를 쏟아냈고 나는 끝내 지금은 그 사람 하나면 될
것 같다고 말하지 못했다. 그저 눈을 꼭 감았다. 마치
그러면 무언가 피하거나 마주할 수 있을 것처럼.

100.

갈피를 잡기가 어렵다. 요즘은 쓰는 글마다 그 사람이 어렴풋하게 비쳐 많은 글씨들을 문질렀다. 무엇을 적어야 하나. 무엇을 비춰야 하나. 갈피를 잡지 못한 손이 옅게 흔들렸다. 겨울 바람에 속절없는 나뭇가지 같았다. 앙상한 소리들이 텅 빈 것만 같아 눈가를 지우듯 문지르는 날들도 이어졌다. 분명 사랑이라 생각했으나 누구도 쉬이 고개를 끄덕이지 못했던 마음, 그 어렴풋함으로 글을 썼으니 누구에게라도 지워지는 것이 문득 자연했다. 갈피를 잃었고, 나는 어디쯤까지 읽혔는지도 알 수 없었다. 자욱 남지 않은 종이들이 슬프게 울었다. 눈물을 머금은 종이들이 전등 빛에 번들거렸다.

　긴 글을 여럿 쓰고, 고치고, 또 써보려다가 문득
생각이 들었다. 지금은 작은 글을 써야겠다는 생각.
아주 작고 짧고 보잘것없는 글을 적어야겠다는 생각
이 들어서 메모장을 열고 이런저런 것을 적었다. 그
글은 이런 내용을 하고 있다.

　– 더위와 추위가 붙어 있는 날이다. 그것은 분명 말
이 안 되지만 또 말이 되는, 이해할 수 없지만 여기
분명 존재하고 있는 것이었다. 사랑과 슬픔처럼. 사
랑과 붙은 슬픔은 있을 것 같지도 있어서도 안 될 것
같지만, 여기에, 저기에, 내가 모르는 어딘가에 분명
있었다. 함께. 그 사람과 내가 붙어 있지 않아서 슬
펐고 그래서 사랑을 했던 것처럼.

　(먹던 잔의 음료나 그릇에 담긴 밥을 꼭 한 입씩 남
기는 것은 버릇이라 할 지 습관이라 할 지 몰랐다 다만
무엇이라도 당신의 핀잔 한 마디는 꼭 들어왔던 것이고
요즘은 그 소리가 나지 않는다 조용히 한 숟가락의 밥
을 남기고 밥상을 물리면 저녁이 가려 하는 소리 집 밖
누군가의 저녁이 여태 물리지 않은 소리가 밤을 밀어내
고만 있었다)

103.

    다행히도 아직은 밤이 차다. 그래서 아직은 긴팔
을 개어 넣어두지 않아도 생활을 괜찮은 것이라 말
할 수 있다. 아직 늦지 않았다고, 여지껏 걸려 있는
겉옷에게인지, 같은 자리에 걸려 있는 마음에게인지
도 모를 말을 했다. 아직 늦지 않았다고.

홀로 사는 집에서는 말을 하는 것이 어색하다.

어떤 단어들은 그 단어만으로도 느낄 수 있는 감각이 있는 것 같다. 단어를 찬찬히 읽거나 속으로 되뇌는 것만으로도. 소리를 내거나 적힌 글자를 보지 않아도, 생각만으로도. 그런 단어들은 꼭 사람 같아서 조금 애틋하고 그립다.

104-2.

녘	햇살	상相	그리다
손목	맥을 짚다	귤나무	철새
잎	월동	곁바람	물길
잠	흰 종이	사람	등껍질
닿다	조리개	갈비뼈	어리다
끝	물방울	유효기간	비우다
멀리	갓길	모과	가만히
각인	연하장		

문득 처음 보는 강아지와 인사하는 법을 알아보고 있다. 나는 강아지보다는 고양이를, 키우는 것도 아니고 고작 밥을 주고 멀리서 인사나 하는 사람이지만……. 모르기보단 알아두는 것이 (언젠가는) 도움이 될 것이다.

처음 보는 강아지와 인사를 하기 위해서는 자세를 낮게 하고, 천천히 손을 내밀어 강아지가 냄새를 맡을 수 있게 해야 한다. 말하자면 강아지가 나를 '알 수 있는' 상태에 두는 것이다. 나는 이런 사람이라고, 적어도 너를 해치지 않는 사람이라고.

어쩌면 강아지는 그보다 더 많은 것을 맡아볼 수 있는 게 아닐까. 그런 생각이 들었다. 얼마나 착한 사람인지, 착한 척만 하는 사람인 것은 아닌지. 예컨대 마음의 냄새(그런 것이 있다면)를. 고작 냄새를 알고 있는 사람이라는 이유만으로 다가올 수도 있는 걸까.

한참 뒤에 해칠 마음을 갖고 있는 사람이라면 어떻게 하려고. 나에게는 그만큼의 믿음이나 용기가 없어서 강아지의 믿음을 이해할 수 없다. 그 작은 냄새 하나만으로 사람에게 힘껏 안길 수 있는 용기도. 그런 마음이 꼭 사랑 같아서, 사랑이 주는 힘 같아서.

지금의 마음에게 사랑을 묻는 사람이 있다면 나는 주저하지 않고 그것이 믿음과 용기일 것이라고 말할 것이다. 냄새보다 조금 더 큰 것들을 알 수 있는 상태로 내어두는 마음. 그 자그마한 냄새 하나를 믿고 힘껏 뛰어드는 마음. 사랑은 강아지 같은 마음이구나. 그 맑고 천진한 웃음을 보면 납득할 수 있는 모양이다.

　사실 꿈속에서 내가 본 사람이 정말 그 사람이었는
지는 잘 모르겠다. 그 사람의 얼굴을 보았다기보다는,
일어나고 나서 생각해 보니 그것은 분명 그 사람이었
던 것 같아, 하는 마음. 사무치게 희미해지는 것. 흐릿
한 얼굴, 손, 온기. 꿈 속의 사람 모두가 가진 그것으
로 겨우 그 사람이었던 것 같다는, 억지에 가까운 추
측을 해 보는 것이다. 사실은 추측이라기보단 희망 같
은 일. 그런 무용한 일로 보내는 아침.

- 말이 별로 없으시네요.

- 원래 외로운 사람들이 말이 많아요.

- …외롭지 않으세요?

- 그래서 글을 써요. 말 대신.

108.

『 어떤 말. 』

　그는 이곳에 산 지 벌써 수십 년이 되었다고 했
다. 바람에 흔들리는 낡은 창문이 집과 그의 나이를
짐작하게 했다. 인적이 드문 언덕의 한 자락에 사는
일이 외롭지 않느냐는 말에 그는 고개를 끄덕였다.

　"혼자 사는 일은 물론 외롭고 고독하네. 그것은 아
플 때 돌보아 줄 사람이 없고 같이 밥숟가락을 뜰
사람이 없다는 말이지. 가끔은 서럽거나 몸을 가눌
수 없이 고독하기도 하네. 혼자 산다는 일은 다 그런
것이고.

　나는 혼자 산다기보다, 차라리 외로움과 살아가는
중이네. 이 외로움이라는 놈은 상당히 지독해서 여
러 해가 지나도 익숙해지지 않고, 오히려 몸을 옥죄
이듯 점점 더 살에 파고드는 것이지.

　그러나 이 외로움을 나는 받아들이기로 했네. 왜,

군중의 한가운데에 있어도 외로움으로 몸을 떨어야 하는 일이 많지 않은가. 수많은 사람에 치이면서도 혼자 살아가야 하는 현실을 맞느니, 나는 차라리 당연한 외로움을 앓기로 한 것이야.

심하면 몇 주 동안 말을 하지 않는 경우도 있네. 내 말을 들을 사람조차 없으니. 어떤 이들은 그러한 고립에 들어가면 정신이 온전하지 못하게 되어 혼잣말을 중얼중얼 한다던데, 다행히 나는 그렇지는 않았네.

(그는 여기서 잠시 숨을 골랐다.)

…사람은 나이가 들면 지혜롭게 된다는데, 나는 아직 그렇지는 않은 것 같아. 이 외로움이라는 놈이 무엇을 원하는지는 잘 모르겠네. 사람을 원하는 것 같아 사람을 만나면 돌아가는 길에 이놈이 기다리고 있기도 하고, 차라리 죽어보라며 외로움이 원하는 사람을 몇 달간 보지 않고 버틴 적도 있었네. 하지만 그는 질기게도 붙어 사라지질 않더군.

나는 그래서 외로움과 함께 살기로 한 것이네. 이

제는 미운 정, 고운 정이 다 붙어 뗄 수 없는 사이가
되었지만······ 누구라도 그렇지 않겠는가. 자네도 해
마다 수십 번씩은 외로움에 몸부림칠 테지. 그놈은
그저 받아들여야 하는 놈이네. 이유 같은 것도 없으
니 힘들어하지 말게. 그놈은, 그냥 그런 놈인 게야."

　지혜를 얻지 못했다고 말하는 그는 아주 깊은 눈
을 갖고 있었다. 잠들지 못했던 수많은 밤들이 그
눈에 무언가를 가득 채워준 걸까. 외로움을 껴안은
사람의 눈은 사람이 잘 오지 않는 바다 같다는 생각
이 들었다.

잃은 것들은 금세 잊어버렸고

잊은 것들은 잃어버린 것이나 다름 없었습니다

  사랑이 가진 힘은 단지 누군가를 사랑하는 것에
그치지 않는다는 것을 알게 되었다. 사랑을 보내주
고 남은 나를 보살피는 일, 남은 사랑이 떠나가기까
지 성실히 보살피고 앉았던 자리를 비질하는 일. 정
말 사랑이 있어야 하는 순간은 그런 경우들이다. 사
랑이 떠나고 난 후에도 사랑은 필요하고. 남은 사람
은 진정 사랑으로 살아야 하는 것이다. 가장 사랑할
수 없는 순간에. 내가 사랑이 될 수 없는 순간에.

올해 벚꽃은 금세 저버렸다. 급한 일이 있어서 인사만 하고 떠난 사람처럼. 잠깐 내린 비가 봄볕에 마르는 것처럼.

아직 아무 말도 해 보지 못했는데. 겨를도 없이 나무를 떠나버린 꽃잎들이 꼭 그 사람 같다는 생각을 했다. 애초에 나는 그 사람에게 나무였던 적이 있었을까. 무엇이라도 피어난 적은 있었을까.

사소한 질문들이 남았는데 대답을 해 줄 사람은 이미 떠나고 없다. 그런 질문들은 도착할 곳이 없어 출발점에서 힘없이 맴돌기만 한다.

어젯밤의 꿈에서는 부치지 못한 채 모아두었던 모든 편지의 답장을 받는 꿈을 꿨다. 나는 잘 살고 있다고, 예전 모습처럼 자주 아프거나 슬퍼하지도 않고 잘 지내고 있다고. 비가 오면 아주 가끔, 아주 잠깐 당신을 생각하기도 한다는 답장.

아주 가끔, 아주 잠깐. 눈을 뜨고 나서도 그 두 문장이 내내 입안에 남아 있다. 아주 잊지도, 내내 그리워하지도 않고. 적당하게. 아주 가끔, 아주 잠깐.

113.

_____ 에게.

　카페 매일 앉는 자리에 앉아 있으면 잘 닦이지 않
은 창이 하나 보여. 왜, 그런 창문 있잖아. 신경 쓰이
지 않는 곳에 있어서 그저 그곳에 배경처럼 있는, 그
래서 나 같은 사람이나 흘끗 보는, 그런.

　며칠 전에도 그 자리에 앉아서 문득 그 창으로 밖
을 보는데, 흰 얼룩들이 꼭 내리는 눈처럼 보여서 한
참을 보고 있었어. 이제 봄이니까 눈이 내리고 있는
게 아니라는 건 알지만, 그래도 그게 꼭 눈 같아서.
바로 앞 너른 창을 보면 봄날보다 더 봄 같은 풍경을
볼 수 있는데도, 굳이 굳이 고개를 돌려서 그 창으로
바깥을 보고 있고 그랬어.

　오늘도 그 창으로 밖의 설경을 보고 있는데, 이제
그런 모습도 그만 보아야 할 것 같다는 생각이 들더

라. 얼룩은 눈이 될 수 없으니까. 알면서도 놓아줄 수 없어서 애써 외면하는, 그런 종류의 착각은 조금 서글프지 않니.

외로운 사람보다 더 외로운 사람은 그리워하는 사람인 것 같아. 곁에 사람을 둘 자리조차 없는 사람 말이야. 오지 않을 사람의 자리를 맡아두느라 앉으려는 사람에게 미안한 표정을 짓는.

차라리 비라도 조금 내렸으면 좋겠는데, 오늘은 날씨가 너무도 맑다. 아마 눈을 보려면 한참은 더 기다려야겠지. 이제 봄이라 겨울이 참 멀리 있네.

다가오는 봄에는 여름 준비를 조금 잘 해보려고. 그러다 보면 눈이 오지 않아도 괜찮을 것 같아서. 그렇게 살다 보면 가을 지나 겨울도 그리 늦지 않게 찾아오겠지. 네가 지낼 여름도, 여름 너머 가을과 겨울도 괜찮았으면 좋겠다. 맑은 날과 눈비가 오는 날도 적당히 지나가면서 말이야.

그럼 안녕.

114.

우리는 끝내 사랑이 아니었지만 그 시간들은 참
속절없이 흘러버렸습니다. 이제 나는 무엇도 바랄
수 없게 되었으니 이런 편지들이 혹 물결처럼 흘러
당신에게 닿을까 하는 상상도 더 이상은 하지 않게
되었습니다.

115.

생각해보면 적당해지자는 다짐을 한 이후로 바뀐
것이 하나도 없습니다. 여전히 돌연 슬픔에 빠지고,
종종 사람을 만나 바보같은 농담을 하기도 합니다.
비가 오면 눅눅해지고 눈이 쌓이면 한없이 가벼워집
니다. 이 중에 어떤 것은 내가 좋아하는 버릇이고
어떤 것은 영영 사라졌으면 했던 것입니다. 오늘은
한 바퀴를 돌아 같은 계절에 닿았고 이제는 적당하
지 않더라도 연연하지 않는 마음을 바랐습니다. 사
실 적당한 농도라는 것은 매번 쓰임에 맞게 달라지
는 것이라는 것도 알게 되었습니다. 이런 자그마한
사실들 몇을 알게 되었으니 되뇌던 다짐들도 영 허
망한 것은 아니었을지도 모르겠습니다.

행복하세요.

적당한 농도의 사람

초판 1쇄 발행   2024년 10월 31일
    3쇄 발행   2025년 5월 1일
지은이   한주안
표지 그림   이찬송

발행처   Ordinary Publishers
출판등록   2024년 1월 10일 제 491-2024-000001호
전자우편   ordinarypublishers@naver.com

정가   13,000원
ISBN   979-11-986375-1-2(03810)